문학과지성 시인선 611

보헤미아 유리

최하연 시집

문학과지성사

문학과지성사에서 펴낸 최하연의 시집

피아노(2007)
팅커벨 꽃집(2013)

문학과지성 시인선 611

보헤미아 유리

펴낸날 2024년 11월 25일

지은이 최하연
펴낸이 이광호
주간 이근혜
편집 이주이 허단 김필균 윤소진 유하은
마케팅 이가은 최지애 허황 남미리 맹정현
제작 강병석
펴낸곳 ㈜**문학과지성사**
등록번호 제1993-000098호
주소 04034 서울 마포구 잔다리로7길 18(서교동 377-20)
전화 02)338-7224
팩스 02)323-4180(편집) / 02)338-7221(영업)
대표메일 moonji@moonji.com
저작권 문의 copyright@moonji.com
홈페이지 www.moonji.com
ⓒ 최하연, 2024. Printed in Seoul, Korea

ISBN 978-89-320-4337-1 03810

문학과지성 시인선 611

보헤미아 유리

최하언

시인의 말

폭우 속에서 두 발을
부지런히 저벅거릴 때

기둥부터 삭아가는 신전처럼
길 잃은 물방울 하나가

쥐었다
펴진다

2024년 11월
최하연

보헤미아 유리

차례

시인의 말

1부

흰 꽃   9

판지에 파스텔   12

보헤미아 유리   14

호우   17

끝의   20

굿   23

닻새   26

딸기밭   28

그 사람   30

닻   32

외박   34

2부

나비와 망치   39

당집   40

오우무아무아   44

섯   47

쉬   48

이불을 꿰매며   50

잠 없는 꿈   52

홍차   54

묘   56

거미   58

살로메의 쟁반   61

마디   62

3부

티빙   67

염소   69

포도밭   72

삽   74

파   76

컷   78

팬데믹   80

제이핑크와 함께 춤을   86

쿵   88

외길   90

붕   92

개의 뿔   95

망치   97

4부

환생   101

잠 없는 자국   103

돌돌　105

돌의 돌　107

채석장　109

삼천칠백사십오 일째　111

토란 사과나무 로터리　112

조이와 티거　114

꾸욱　116

눈밭　118

혜화아름누리점　120

잠 없는 극　123

만해의 집　127

해설
광물의 식물학·이은지　129

1부

흰 꽃

양철 지붕 위로 비가 내린다
하얗게
낯선 도시의 장례식장 앞에서
시외버스를 기다리듯
      톡
들판과 들판이 이어지는 꽃대의 어디쯤에서
먼저 온 버스에 올라 내릴 곳을 가늠하듯
      톡톡
더러는 졸고 툭
누군가는 젤리 한 봉지를 쥐고 있다
처마의 맛
들판 끝에 기차역이 있고 창밖 풍경은 잎맥의 반대쪽으
로 달린다
뿌리에서 멀어지면 꽃과 가까워지는 중이니
빗소리를 들으며 종점까지 가기로 한다
젤리를 깨문다
      톡
마른 풀잎의 맛, 검은 리본의 맛
들춰보면 남은 물기가 조금은 있으리라

들춰야 보이는 곳들은
발 없는 것들의 무덤―
눅눅하고 달고 창백했다

고인의 얼굴은 잊었다 상주의 이름도 잊었다

양철 지붕 아래 하얀 장례식장을 짓고 긴 객차를
대절해 문상 와서는 홀로 남겨진 사람

꽃대 위로 거짓말처럼 비가 내렸고

들판을 가로질러 바람이 일자
양철 지붕 한 짝이 날아갔다

양초가 젖는 동안 나머지 지붕을 걷어내고
지붕을 걷는 동안 무릎을 접어 절을 올린다
오금이 축축하게 저려온다
　　　　툭툭

혓바늘이 솟아올랐지만
                   톡톡
양철 지붕이 빗방울을 때리듯이
나도옥잠화 하얀 꽃 안에
길고 검은 나비 한 마리가
앉았다가 일어선다

판지에 파스텔

드가는 그림 그리는 사람입니다

우체국에 들러 택배를 보내고 다이소로 갑니다

토슈즈와 페도라와 우산을 바구니에 담고 한 층 내려와
매트를 고릅니다

드가의 그림이 새겨진 매트가 있습니다

메모리폼은 아니지만 드가의 그림을 밟고 서서 그림을
그리는 드가의 모습을 상상하면서 드가는 발끝을 꾹 세워
봅니다

기우뚱 넘어지면서 이젤이 쓰러지고 고양이가 푸른 가
루를 뒤집어씁니다

드가풍의 고양이를 떠올리며 드가는 기분이 좋아집니다

들숨과 날숨 사이에 멈춰 선 사뿐한 푸른 발을 떠올립
니다

안개를 머리에 인 담쟁이가 종종종 모퉁이를 돕니다

담쟁이가 사라지자 어둠만이 남았습니다

손을 내립니다

구겨진 판지가

종아리만 보이는 어둠이

녹아내리기 시작합니다

푸른 발들이 앞뒤를 맞추고는
안개를 이고 어둠의 모퉁이를 돌아
지면서 피고 무르면서 굳어갑니다

드가는 파라핀에 불을 붙이고 새 판지를 꺼냅니다
드가는 홀로 남겨진 드가를 그립니다
어둠을 먼저 칠하고 드가가 보이지 않을 때까지 드가를
덧칠합니다
페도라는 헐렁하고 토슈즈는 작습니다
드가는 드가 그림에서 드가의 발을 조금 줄입니다

보헤미아 유리

물고기 모양의 신발과
신발 모양의 물고기가
대롱 끝에서 부풀어 오른다

신발 속 모래 한 알
털어내려면 한 발로 서야 한다

걸을 때마다 소식이 생긴 것 같아
그냥 두었다

모래 한 알은 갠지스에도 있고 새만금에도 있지만
각자 먼 길을 가고 있다

돌려보내주고 싶어서
어디에서 왔는지도 모르는 모래를
발바닥으로 자꾸 눌러본다

크고 단단한 성벽이었다고 프라하의 어느 모퉁이에선
강을 밝히는 석등이었다고

타이어에 박혀 먼 곳을 돌아다니다가
어제 도착했다고

물방울 두 개가 얼굴을 마주 보며 식어갈 때

먼저 마른 물방울이 나머지 물방울의 신발이 되고
남은 물방울은 홀로 물고기가 될 때

신발 안에 모래 한 알 숨겨놓고
두물머리 깊은 강물 속 이야기를 듣는다

발바닥은 여전히 까끌거렸으나
말려 들어가듯

오래된 티눈에서 꽃이 피듯

모로 누워 다리를 접으면
대롱 끝에 힘겹게 맺히는 것들

양쪽 가슴의 뼈마디를 눌러가며

부풀려 올리듯이*

* 김송미(Kim Song Mi), 「게으른 승려의 이야기 Ⅱ(Legend of a Lazy Monk Ⅱ: 2 Fish)」, 유리·불기·자유 성형·알루미늄포일, 체코 프라하, 2013. 독일 코부르크미술관 유럽 현대 유리공예관 소장.

호우

물에 젖은 비비추가 손가락을 물어뜯으며
길 끝에서 들려오는 범종 소리를 세어봅니다

버려진 꽃상여들이 고양이를 신고 찾아가는 곳

비비추는 담벼락 아래에서 오랜 시간을 보냈습니다

벽은 벽에 낙서하지 않습니다
다리를 떨거나 멍하게 하늘을 보는 일도 하지 않습니다

비비추에겐 당신이 세상의 끝인데
벽은 그저 무던하고 성실하고 의젓합니다

가갸거겨를 배우고 후두둑 후두둑을 소리 내 적어보아도
물 먹은 벽의 심정을
뿌리까지 잠긴 화단의 심정을

비비추는 잘 전하지 못합니다

빗방울이 튀어 오르고 고양이는 눈을 파르르 떱니다
타종을 마친 수도승들이 밥집으로 몰려가면

비비추는 비 내리는 하늘을 펼쳐
비를 읽다 눈이 멀고
눈이 먼 채 또 비를 맞습니다

비비추 집에 가자
비비추 발을 닦자
비비추 여기 얌전히 있어라

비비추 나는 나의 뿌리를 파내 그걸 들고 전파사에 가서
고쳐주세요, 전당포에 가서 맡아주세요, 고물상에 가서——

이런 것은 취급하지 않습니다

그래서 비비추 나는 우산을 든 화단 속 고양이가 되기
로 했어

그래서 비비추 나는 열세번째 지신이 되어 담벼락에 붙어 있기로 했어

　그러지 말자 우리—

　비비추는 남은 손가락을 마저 물어뜯습니다

　우리는 그저

　잎사귀 끝으로 겨우 나눈 수담
　계절과 계절 사이에 무심히 적어두었다가
　이렇게 긴 비가 오면 씻겨 내려가고야 마는
　엉성한 낙서일 뿐인

　우리는

끝의

끝도 보이지 않는 들판에
사우나를 지었다

굴뚝을 세우고 벽을 잇고 물을
끓이고 창문을 내고 대문을 달았다

새 창에 필름을 걸고 바람을 눌러 영화를 본다

먼지가 되리라
당신은 젖은 채로 너무 오래 살았어요

돌아갈 수 없어요
숯이 되어 영원히 떠돌 거예요

들판을 적시며 비가 내렸고 화면이 젖어서
필름을 갈아 끼우고 물을 퍼내고 탈의실과 캐비닛을 짜
고 환풍기를 달았다

환풍기의 날갯소리가 들판 위로 번져간다

태어나 처음 먼 곳으로 가는 날갯소리는 자꾸 고개를
돌려 돌아올 수 있는지를 묻는다

　돌아올 수 없어요
　굴뚝이 보이지 않는 곳까지 가신다면
　거기는 아무것도 없는 얼룩일 터이고
　그 어딘가는 잠시 머무를 곳조차 없는 어둠의 복판일
거예요

　사우나는 몇 시까지 영업하나요

　이것이 영화의 첫 대사였다

　대패를 친 제재목을 반으로 자르고 모서리를 딴다

　라우터 하나로 들판에 사우나를 지을 수 있다는
　당신과 함께 젖은 이불을 챙겨 트럭에 신고는
　들판을 향해 출발한다

하얀 굴뚝이 저기 멀리 보이기 시작한다

긋

거울에 한 줄, 가로로 붉게

눈을 감고 돌아서면 그 줄은 내 가슴께 있다

가슴에 한 줄, 가로로 붉게

거울로는 안 보이는 그 줄은 분명 내 가슴께 있다

간혹 몸을 더듬어 줄 위에 줄을 다시 긋는다

사제가 십자가로 그어준 기억도 아니고

영매가 재로 치장해준 기억도 아니고

모나미 매직잉크로 내가 내 가슴에 그은 듯한 이 줄은

그러니까 적어도 모나미 창립 이후의 이야기

전생이 아니라 내가 엄마의 배 속에서

스스로 그었다는 이야기

줄을 타고 바닷물이 넘어오고

줄 위로 조각달이 떠오르고

깨진 유리가 가루가 되어 흩날리는 이곳—

빗방울이 전깃줄에 매달려 있는 오후 내내

나는 빨갱이인가

나는 반품일까

그것도 아니면

재개발지구 골목 모퉁이에 버려진

빨간 내의일까

유성 매직은 지워지지도 않아

선 하나를 긋고 살과 뼈를 대충 붙이면

나는 매직이 송출하는 홀로그램인가

회랑에 매달려 통곡하는 여인(Femme en pleurs)인가

칼바위 능선 바위틈에서

진달래가 피어나듯

줄 하나를 가슴에 긋고 사는 이가 있다

닻새

낮달이 빈 가지 위에 걸려 있다
앵두나무 꼭대기 무른 앵두에도
초사흘 낮달은 걸려 있다

수업을 빼먹고 하늘만 보다가
닻을 닮은 낮달도 만나고
달 쪼아 먹는 까마귀도 만난다

달에 걸려 하늘이 흐르는지
가지에 걸려 달이 떠내려가는지

저러다 모두 잠겨
죽을 수도 있겠다 싶어
새에게 생존 수영을 가르치다
나머지 수업도 빼먹는다

온전히 바닥에 닿을 때까지
나도 몰랐고
당신은 더더욱 몰랐을

실낱같은 얼굴들을 가슴에 포개놓고

고개를 들면 어디나 검푸른 세상
오른쪽으로 젖히면 담쟁이 금지
왼쪽으로 젖히면 엉겅퀴 금지

가지 끝에서 말라가는 눈꺼풀이
부표처럼 흔들리는
물가에서

만조 지나
까마귀가 버리고 간
초사흘 낮달을 건져낸다

딸기밭

딸기밭처럼 외롭다
싹이 나면 어둠까지 반나절
잎이 지면 운동장까지 반나절
공부는 그만하리라
교실 문이 열리고 교실 문이 닫히고
달맞이꽃은 낮을 늘이며 살고
소녀는 밤을 늘이며 살아
낮과 밤을 가루 내어
물과 섞어 치대고 나면
소녀는 배움을 중단하고
오늘부터 교실을 지우기로 한다
세로 한 줄
가로로 두 줄
핑
크
오
렌
지
레

드

베

이

지

피치 버건디 퍼플 브라운 블랙 골드

옐로우 실버 그레이 그린 블루 멀티플

그리고 화이트

언니 언니 언니네 교실에선 무슨 맛이 나나요

한 번만 더요

딸기밭으로 딸기의 그림자가 진다

그림자가 없으면 귀신이란다

소녀는 처마 그늘에 등을 기대고

나는 귀신

너는 지워진 교실을 찾아 헤매는 부적

우리는 딸기나무 아래에서 입 맞추다가

왼쪽은 붉게 기울고

오른쪽으론 날이 기울어

외로운 딸기밭 하나를

건너가지 못한다

그 사람
── 한 잎의 여자에게*

등 뒤에 서는 사람, 닿지 않을 가장 가까운 거리까지 다가서는 사람, 그러나 돌아보지는 말라는 사람, 걸으면 같이 걷고 서면 다시 등 뒤에 붙는 사람, 떠난 사람을 붙잡지 못한 사람, 가다 서서 가지 못해 울먹이던 그 사람을 영영 떠나보낸 사람, 그 사람이 지금 내 뒤에 서 있다

매일 큰길에 나와 기다립니다
오지 않습니다 오지 않을 것입니다

장면 가옥 앞에서 여운형 시해터에서 롯데리아 혜화점 앞에서 3·1 만세운동터에서 기다립니다, 보성학교가 이 길 끝에 있었다는 해설사의 설명을 듣는 노인 옆에서 컵라면을 들고 기다립니다, 여기는 그런 곳이 아니었노라고 말하고 싶은 마음으로 어느 날은 정류장에 앉아 301번 버스와 7번 버스를 보내고 그다음 버스도 타지 않은 채 기다립니다

먼 곳을 바라보며
헤어진 첫날처럼 오늘을 기다리는 사람

지나가는 공무원들이 안부를 묻는 사람, 전도하는 여호
와의증인 옆에 쪼그려 앉아 파수대로 해를 가리는 사람,
오가는 택배 상자의 송장 번호를 이미 다 알고 있는 사람,
종점까지 가게 될 사람의 얼굴은 자꾸 잊는 사람, 안, 녕,
하, 세, 요, 다섯 살 아이가 학원 버스에게 그러듯 양복 입
은 남자에게 가끔은 인사하는 사람

　＊ 오규원, 「한 잎의 여자」(『왕자가 아닌 한 아이에게』, 문학과지성사, 1978)
에서.

닻

창을 열고 그물을 던진다
풀밭에 누워 잠이 든다
해가 기운다
민들레 꽃대에 도르래를 달아 그물을 당긴다

물고기의 이름은 모른다
물고기에게 묻는다
꽃그늘에 사는 물고기는 아니라고 한다
너도 어부는 아니잖니 한다

어쩌면 우리는 파산한 사이

그물코를 물고 잠수함이 지나간다
그물코에 걸려 어뢰가 터진다
어뢰에 붙은 말미잘의 디테일은 잘 살아 있다
말미잘은 집이 날아가는 것을 본다

풀밭 너머, 궁수가 나타났다
민들레를 조준한다

죄수를 풀어주고 밭을 갈고 둑을 쌓는다

홀로 독 안에 든 괴물이 되어간다

반도의 끝자락에 커다란 신전이 있었다
신전 아래에는 잠수함들의 무덤이 있다
쓰고 버린 빨대가 잔뜩 쌓여 있다

신전의 기둥을 닦는 기분으로
독 안의 문장들을 비워가며

잠깐 누워 있었을 뿐인데

옷소매가 끼인 줄도 모르고
배가 떠난다

닻도 달지 않고
빗물받이도 없이

외박

엘리베이터를 탄다
버튼은 두 개
닫힘과 닫힘 아닌 것
굳어버린 표정과 펴지지 않는 손가락
닫을 만큼 닫았으니 출발한다고 한다
문틈 사이로 머리를 내밀 수도 있으니
닫힌 문은 아니라고 생각한다
생각만 한다
엘리베이터는 올라가지 않는다
올라갑니다는 계단참의 이명이고 내려갑니다는 반지하
의 강박이다
닫힙니다는 복귀를 앞둔 훈련병들의 틱이다
엘리베이터는 움직인다
위도 아래도 아닌 옆으로
도르래 소리에 실려
군가가 들려온다 와이어는 아슬아슬하다
제대를 하려면
5층으로 오라는데 5층을 갈 수가 없다
다섯 번 서고 다섯 번 문이 열렸다 닫히고

이제는 입구가 사라진 곳에서 총 한 자루와 꽃 한 송이
를 받아 들고
　버튼을 누른다
　유골함을 하나씩 들고
　한 무리의 군인이 오와 열을 맞춰 내린다

　　　　당신은 미로인가 관을 물고 가는
　　　　까마귀인가

　　　　내 꿈속에 내가 만든 골방인가
　　　　영원히 반복되는 선착순의 망령인가

　　　　봄날 아침 눈을 떠 무심코 창문을 열 때
　　　　훅 끼쳐 오는
　　　　물컹한 죽음의 냄새인가

나는 매일 죽었고 매일 밤 엘리베이터에 태워져
밤새 끌려다니다가
엘리베이터 앞에 다시 선다

누르고 누르며 누르고 눌렀는데도

2부

나비와 망치

 광부는 위로 난 계단을 걷지 않는다. 그의 딸이 친구와 함께 계단을 올라 도지사의 집으로 간다. 광부의 이름은 루아큠 콤부에 주니어. 나에겐 딸이 없으니 그의 이름은 내 기억의 오류. 그에게는 딸이 있으니 나의 기억은 그가 겪은 전생의 오류. 뭉개진 발목이 계단참에 가지런히 놓이고 하얀 나비가 죽은 자의 혼을 망치로 두드려 납작하게 펴고 있다. 나비의 노동이 끝날 때마다 도지사의 집은 등고선의 안쪽으로 옮겨진다. 딸과 친구는 영영 그 집의 대문을 두드리지 못한다. 도착하지 못해서 돌아올 수 없는 것. 산이 무너질 때마다 (전생 따위가 밀려 내려와) 나비는 탄식한다. 루아큠 콤부에 주니어는 무너진 산 밑에서 딸을 채굴하고 도지사는 집터를 찾고 딸의 친구는 엄마인 나를 찾는다. 루아큠 콤부에 주니어는 지금 이오에 있다. 이오는 납작해진 이름들의 저장 공간이다.

당집

서어나무 아래에서 버스를 기다립니다

피디 천 원
작가 오백 원
왁싱 만 원

카메라 뷰파인더로 버스가 들어옵니다
버스는 점점 커지더니 카메라와 작가와 길과 산과 하늘
을 다 싣고 사라집니다

기교를 버리기 위해 베개는 잠을 버리고 꿈을 버리기
위해 잠은 베개를 버립니다
기교와 꿈은 서로를 모릅니다

목화솜에겐 꽃의 사연이 있고 템퍼에겐 석유의 관습이
남아 있듯이 꿈은 재료를 탓하고 엄연히 틀을 탓합니다

낮이 두 시간 빕니다
구정물을 비웁니다

게살 가공 공장에서 수능 시험을 치르며 답안지를 꾹꾹 눌러 씁니다

오엠알 카드는 있는데 문제지가 없어요

이름은 있는데 수험 번호가 없습니다

손을 들자 감독관은 조용히 다가와 고추를 만지고 돌아갑니다

숙면 베개를 물어뜯을 때 강아지는 꿈의 한 틀을 파괴하는 중이고——

순면 커버로 파고드는 고양이는 밭을 일구는 농부의 마음을 헤아리는 중입니다

놓고 갈게요

우리 집 변기에는 구정물과 넙치가 살고 있어요

쇠를 달구고 연철을 붙여 내리칩니다

접고 치고 또 접어 치기를 하염없이——

넙치를 저밀 칼 한 자루가 벼려질 때까지, 넙치
는 살아 있을 것이다. 김만중과 홍명희와 강정
자도 살아 있을 것이다. 초가집 처마 아래 나란
히 앉아 낙수를 바라보며 말이 없었다. 검은 하
늘에 푸른 벼락이 치고 멀리 밤바다의 수평선
에서는 한치잡이 배들이 반짝이며 줄을 이었
다. 도둑고양이 한 쌍이 발밑에서 사랑을 나누
듯이— 베개가 꿈을 기억하지 못하는 날이 올
것이고 단 하나의 꿈이 모든 꿈을 덮어쓰는 그
날이 오면 너만 보면 똥이 마렵다는 이의 얼굴
이 떠오를 것이다.

흑두루미 발자국을 따라 강가로 나아갑니다
하얀 구름이 강물 위로 몰려옵니다
검은 돌들도 흰 구름을 베고 다들 눕습니다
잠이 베개에 매달립니다

두루미는 발톱 빠지는 꿈을 꾸고 낙방하여 텃새가 됩니다

서어나무는 사라지고 강이 있던 자리에 홀로 남았습니다

잠이 들 무렵—
머리맡에서 넙치가 죽었노라고 속삭인다

오우무아무아

좌석당 네 개의 방이 있다
네 개 방에는 다섯 개의 밝기 등급이 있다
좋은 자리는 천장 중앙이다
어떤 돌에도 맞지 않을 수 있다

당신이 던진 돌이 하늘 위로 날아올라
궤도 여행을 한다고 생각해보자
우연히 그 돌에 맞고 싶다면 등급 외를 고르면 된다

기울어 떨어지는 유리잔이
돌멩이를 주머니에 감춘다
바닥에 닿아 산산조각 나기까지
지도에는 나오지 않는 길을 달려

마침내 주머니 속 돌멩이는

미아보호소의 복도를 찾아가 소리 지른다
당신이 입은 옷은 한복도 아니고 아오자이도 아닌데
심지어 성간 여행이 할인된다고

당신의 손을 잡고 티켓 박스 앞에 서서
하필 양지극장 극장장의 아들을 만난다
초중고 동창인 그는 선거에 출마한다고 하고
추락하는 휠체어에서 사랑하는 이의 이름을 부르며 죽
어가던 장면만이 기억나는 그 영화의 제목을 어렵게 물었
을 때

거기는 제한 구역이라 일반 승객은 들어가실 수 없습니다

책상 밖으로는 출국할 수 없고

영화광이었으나 1년에 한 편 보기도 힘겨워 막내를 업고
몰래 양지극장에 다녔던 엄마만 한 문장 썼다가 지운다

리본 매듭 정도는 풀 수 있다는 바느질 선생님 몰래 실
타래를 훔친다
한복 짓는 엄마의 머리맡에 실타래를 놓아두고
바위에 정 박는 소리 쩡— 쩡— 울리면

채석장에서 폭음과 함께 돌멩이가 사방으로 튀어 올랐다
좌석 벨트는 꼭 쥐고 있다

쉿

개가 짖는다. 새가 돌아앉는다. 모과나무의 그림자를 갉아먹으며 딱정벌레가 지나간다. 그림자가 그림자를 깨문다. 물린 자국을 따라 응달의 경계가 생겨난다. 나비 모양으로 뒤뚱거린다. 나비는 출근한다. 예보는 종일 비인데 나비의 엉덩이는 파랗다. 한 계절 모아놓은 그림자 뭉치가 공터로 몰려간다. 우주가 저 뭉치보다 클 리 없다. 담벼락에서 돌부처가 튀어나온다. 빗방울이 부처를 깨문다. 부처는 사라지고 돌만 남은 돌을 나비가 물어 간다. 돌이 돌에게 돌을 던진다. 맞은 돌이 맞힌 돌을 깨문다. 손가락을 깨문다. 코너에는 재봉틀이 있다. 꿰맬 수 있는 명암과 꿰맬 수 없는 독경이 바람에 실려 밀려온다. 라일락을 깨물었다. 남천을 깨물었다. 나비의 엉덩이를 깨물었다. 모과나무의 그림자를 갉아먹으며 딱정벌레가 지나간다. 돌에게 돌을 던진 돌을 향해 개가 짖는다.

쉬

날이 맑으면 한 번 더 보고 날이 흐리면 우리 헤어져

돌에게 돌 던지는 돌과 사람에게
사람 던지는 사람이 나란히 선다

가장 가까운 바깥에서 가장 먼 바깥으로 선회하며
같은 문으로 들어와 다른 세상을 기록한다

어깨를 들썩이며 운다
회랑의 주춧돌이 옥개석에 올라앉아 운다

돌 위에 돌이 포개지면 강물이 멈추고 물 위로 물이 포개
지면 새로운 생명이 태어나거나 발몽이 시작되었다

같은 문으로 들어와 다른 세상을 증언한다

문 바깥에서도 소리가 들렸다
소리를 줄였는데도 귀를 막았는데도
조용히 삼키는 쉼표 하나까지 들려왔다

무너진 돌탑이 흑백 화면을 들여다본다

식탁에 앉아 돌 던지는 돌의 B컷 사연을 감상한다

식의 좌변이 망각이면 우변은 반드시 슬픔이 뒤따라야
한다

사람에게 사람을 던지면 남는 것은 광장이거나 폐허이
거나 홀씨이거나 날 흐린 날 헤어진 나를 향한 너의 부재
가 되고는 했다

증언이 끝나갈 때쯤 식탁 위로 햇살이 비추고

오늘 날이 맑았으니 내일 또 만나기로 하고 문을 닫는다

간밤에 돌 하나와 서랍 하나가 사라졌다

스스로 지웠다고 한다

이불을 꿰매며

바늘이 부러졌다
바늘 조각이 보이지 않는다
바늘은 하나의 품사이지만
바늘은 심장에 가 닿을 수도 있다
품사가 피에 젖는다
혈관을 따라 흘러간다
수영하기 좋은 날이다
하늘은 보이지 않는다
하늘 조각이 보이지 않는다
하늘이 가 닿을 수 있는 곳은 없어서
하늘은 품사가 아니다
구름 아래로 소년이 소를 몰고 지나간다
발자국은 보이지 않는다
발자국을 지운다
발자국이 보인다
소년은 발자국을 지운 손바닥을 감춘다
바늘구멍 숭숭 뚫린 하늘이
관촉사 귀 큰 부처의 손바닥이
바늘을 찾아 이불을 뒤진다

이불은 하늘을 덮고 눕는다 누워서

누군가의 다리를 자른다

*

탱자나무를 심고 엄마를 만났다
탱자나무 묘목은 한 그루에 천 원
아홉 그루를 아홉 개의 화분에 심고
한 개는 버렸다

잠 없는 꿈

퇴계원에서 막차가 몇 시냐

원릉 사신다는 할아버지는 이씨가 아니라 최씨였는데
퇴계원 가는 길을 모르신단다
퇴계원을 갈 수 없어 원릉을 못 가시는 할아버지

원릉이 어디입니까

중랑천 건너가 다 원릉이다
혜화문 밖이 다 원릉이다
게 지나서 게까지가 원릉이다

대합실에 나란히 앉아
태양계를 벗어난 쇠붙이의 근황을 듣고는 질문을 바꾸
어본다

원릉은 무엇입니까

곡률이 자기 자신의 주름을 회고하는 것

마른 홀씨가 씨방에 다시 들어가 몽우리 이전으로 돌아
가는 것
  할아버지의 손가락이 허공을 가로질러 표 사는 곳을 가
리킨다

  퇴계원에서 막차가 몇 시냐

  할아버지는 물으신다
  자꾸 물으시는데

  형은 꿈에 나와 영조의 엄마가 최씨란다

홍차
—— 기형도 시인에게*

물방울에게도 솜털이 있고
짓무른 엉덩이가 있고
접질린 발목이 있다
봄여름가을겨울이 새살처럼 자라는
물방울의 갑피에도
뿌리가 있다
폭풍에 설탕 한 숟갈 넣고 탁탁
잔에 맺힌 물방울 몇 개를 쓸어내리며
한밤의 여우비와 해변의 디포를 떠올리다가
뭍으로 오르는 로빈슨 크루소와
눈이 맞는다
하이
나는 표류한다
열무 삼십 단 이고 가시는
어머니의 얼굴에도 마스크 해드려야 한다고
로빈슨이, 로빈슨이
물속에서도
마스크는 써야 한다고
가래침을 뱉는다

설탕 한 스푼이 녹는 동안

개가 생닭 한 마리를 다 씹어 삼키고

로빈슨의 장작불 위에선

연기를 마시고

별이 자란다

나는 표류하며 정거장도 없이 당신을 그리워하다가

그리움에도 뿌리가 있을까

세상 모든 사전을 뒤져보다가

잔 하나를 미처 못 비우고

사무실로 돌아간다

그렇게

* 기형도 시집 『잎 속의 검은 잎』(문학과지성사, 1989) 출간 30주년을 기념하며.

묘

모종에 기저귀를 채우고 외출한다. 농약과 분무기를 기저귀 가방에 담아 아이 엄마를 찾아 나선다. 개나리의 기원은 개나리. 석류의 기원은 석류. 제라늄의 기원은 당근.

개나리 1만 주를 삽목하고 전교생이 끙끙 앓았다. 며칠 뒤 개나리밭에서 개나리 싹이 났고 새 학년 새 학기에 개나리꽃이 지길 기다렸다가 모두 분을 떠 차에 실어 멀리 보냈다.

봄마다 개나리가 사방에서 피어났다

울지 않았다

편모.편부.고아.셋이.떠들다.한.명이.울었다.둘이.싸우다.셋이.웃었다.막걸리.통.터지듯이.개나리.아래에서.개나리.옆에서.개나리.속에서

실패한 혁명을 부르듯 고양이를 부른다. 아이가 온다. 아이는 고양이의 등에 업혀 고양이의 배를 움켜쥐고 엄마

에게 온다. 엄마는 아이를 부른다. 고양이가 온다. 고양이는 아이의 목을 물고 아이의 젖을 핥으며 엄마에게 온다.

개나리 담장 속에는 길고양이가

아이 엄마와 아이는 제라늄을 들고

당근을 하러 간다

거미

타일 줄눈을 타고 내려온다
줄도 없이 중력도 없이

털을 가다듬고 잠시 쉰다
다리를 뻗어

타일 줄눈을 잡아당긴다

욕실은 찌그러진다

끈적이는 격자에 갇힌다
거미는 나를 친친 감고 오래오래 먹어치울 것이다
이미 그랬던 것처럼

나는 거미의 꿈이다

한라산 중턱에서 만난 무당거미는 내 꿈을 파먹은 민자
가게거미의 회상몽이다
눈물이 거미줄에 이슬처럼 맺힌다

혜화 로터리에서 보행 신호를 기다리는 거북이등거미
는 꿈으로 덮어쓴 나의 벡터이다
  거북이등거미는 민자가게거미와 함께 다이소로 가고
있다
  내가 나와 함께 다이소에 들르듯이

  거미는 나의 머리를 오독오독 씹으며

  텅 빈 눈동자를 내려다본다

  집 없는 거미는 본 적 없으며
  집에 든 거미를 죽인 적 없으니

  이맘때면

  거미가 내려온다
  거미가 올라간다

거미는 부른 배를 두 번 접고 세 번 눌러 타일을 뽑아낸다
바닥과 천장을 뽑아낸다

꿈은 또 찌그러진다

살로메의 쟁반

　내 방에는 바야바가 산다. 바야바는 태초의 말씀을 받아 적으면서도 다리를 긁는다. 책상 아래 털이 수북하다. 집진기에 말려 올라간 바야바의 털을 손으로 뽑아내며 잘못 옮겨 적은 말씀을 한 자 한 자 고쳤다. 장마. 갑과 을이 책의 맨 앞장에 기명한 날 산 몇 개가 무너졌고 둑이 터졌다. 통성기도가 터지고 방언이 터지고 골고다의 언덕에선 토사가 흘러내렸다. 토사를 밟고 바야바는 경중경중 뛰었다. 샤워기 밑엔 말씀이 비듬이 되어 버석거렸고 바야바는 안식일에도 출근을 해서는 열을 재고 손을 씻고 입을 막았다. 바야바는 손뼉을 치고 발을 구르고 재주를 넘었다. (그러하매) 돌들이 굴러와 아래로 난 구멍과 옆으로 난 구멍과 위로 난 구멍을 막았다. 돌무덤 위로 미키마우스와 고양이와 비둘기와 모래무지가 찾아와 집을 지었다. 바야바는 털이 길고 털이 많고 생각은 짧았다. 수건으로 몸을 닦을 때마다 바야바는 생각한다. 반짝이는. 은빛 바리깡을.

마디

여기 푸줏간이 있다

이곳에선 마디의 모든 부위를 살 수 있다

뿔 없는 네발 동물이지만 더러 뿔이 나기도 하며 산악
지역에선 두 발로도 다니는, 여물보다는 노래를 좋아하는
비농경 지역의 가축, 마디

사주단자를 넣고 마디를 잡는 풍습이 있었다는 이 항구
의 푸줏간에선 초하루와 그믐 때 신선한 고기를 내놓고,
만조 때는 팔지 않는다

동지 때는 바닷물에 담갔다가 국을 끓여 먹는다

아내가 시집을 가고
특수 내장 중 하나를 못 먹게 되었다

내장 하나는 맛이 좋고 하나는 질기고 나머지는 비리고
그 나머지는 비싸서 먹을 수 없다 한다

갈라진 논바닥에서 거머리를 주위 먹을 때 나는 맛이라
고들 한다

나는 오늘 떡을 구워 먹고 잘 것이다

밤새 전국의 모든 마디가 탈출했고 그중 십사만사천 마
리가 폐사했다

나머지는 산으로 들어가 새가 되었다

카나리아가 정육 코너에서 카나리아를 팔고 있다

3부

티빙

사진사로 고용된다. 여름 별장의 새장을 관리하던 나는 모국어 가이드의 제안으로 일당을 받기로 하고 사진을 찍었다. 크고 무겁고 복잡한 사진기를 받아 들고 종일 일했지만 초점이 맞지 않았다. 나는 고객의 현재를 찍어 과거를 현상하고 인화해야 했다. 그런 사진기였으니까. 계약서에 그렇게 써 있었으니까. 크고 무겁고 복잡한 사진기는 초 단위로 감가가 발생했고 필름은 비쌌고 배터리는 더 비쌌다. 울고 싶었으나 비구름이 몰려와 급히 자리를 옮겼다. 바다 위를 선회하는 물새의 과거는 달무리였고 달무리의 과거는 야자수 그늘 밑 딱정벌레였으며 내 엄지발가락의 과거는 모래를 파고드는 모래무지였지만, 소야차츠바 막탁락 미린 그리고 마디도 그저 부옇기만 해 나는 렌즈를 돌리고 버튼을 누르고 레버를 당기며 잠꼬대를 하기 시작했다. 시리가 괜찮다고 한다. 시리가 그럴 수 있다고 한다. 선금도 받지 않고 진행비도 받지 않았는데도 괜찮다고 한다. 새장의 새들은 나를 기다리다 알을 낳고 사라졌다. 새장의 알들은 새를 기다리다 혼자 부화하곤 각자 두 발로 걸어 나갔다. 새장은 무너졌다. 나도 따라 무너졌다. 사진 속 나의 과거는 지어지기 전의 새장이었다.

프랭크가 화를 내며 나를 부른다. 로버트는 꽃병을 던지기 시작하고 가이드는 사진기를 돌려달라고 한다. 시리만이 더 자도 된다고 한다. 시리만이 아직 더 자도 된다고 한다.

염소

땅을 메워 발로 밟고 그 위에서 식사를 합시다
비닐하우스 짓고 건배사를 합시다 술잔 높이 들고

경운기가 혼자 움직입니다
둑길을 넘어갑니다 누구는 귀신이 들렸다 하고

염소가 낳은 첫째들을 말뚝에 묶어놓고
교회를 짓습니다 귀신은 지관을 믿지 않습니다

종탑을 돕니다 신발 밑창이 얇아지고 지극함이 분진처
럼 밥상에 내려앉습니다

새끼 염소들의 첫 땀과 첫 오줌과 첫 똥이
토질을 바꿔주리라 믿습니다

믿음 안에서 식사를 합시다

염소들이 기도문을 외울 때마다 막차를 놓친 기분이랄
까 까마귀에게 물려 가는 기분이랄까

아멘을 외치면 비로소
피를 토하고 고꾸라집니다

경운기는 풀밭 위를 달려갑니다
풀밭 끝에 도착하면 귀신을 내리고 귀신을 싣습니다
하늘에서 도르래가 내려옵니다

짐칸에 앉아

고개를 들면 어디나 선산입니다

목이 베인 염소들이
한국식 무덤가에서 풀을 뜯습니다

자지도 못하고 풀만 먹다가
씻지도 못하고 풀만 먹다가

경운기에 하나둘 실려 갑니다

산을 깎고 땅을 메워
우리 식사를 합시다

포도밭

밤새 신발이 작아졌어

발이 자랐나 봐

사원증을 단 여자 사람이

사원증을 단 여자 사람에게 말한다

신발이 작아진 것이 신발 탓이 아닌 세계로

신세계 식품관 봉투를 든 여자 사람이 들어온다

밤의 저수지엔 다리 저는 붉은 홍학이 살았고

저수지가 벗어놓은 신발 한 짝엔

깊고 비린 어둠이 자라고 있었지

신발장 안에 저수지가 살아요?

그래서 목마른 짐승들이 모여드는 거군요

알에서 알이 깬다

와인에서 포도 싹이 난다

병아리들이 봉투에서 기어 나와

옆자리의 손바닥 드라마 속으로 들어간다

돌도끼를 든 바바리안이 그 옆자리의 손바닥에서 튀어
나와

포도밭으로 들이닥친다

까마귀가 바바리안을 실어 나른다

저수지 수면에 기록된 새 떼의 표류기를

강독하는

우리 아빠가 마법사라구요?

객차와 승강장 사이가 멀어서

밤새 발이 자랐는데도

건널 수가 없다

새벽엔 몸이 무거워

관절은 관절마다 시리겠지

문이 열리고

문이 닫히고

사원증을 달지 않은 여자 사람이

사원증을 달지 않은 여자 사람에게 말한다

밤새 신발이 작아졌어

자기야

어디서 바뀌었나 봐

자기야

삽

삽의 마음은 소리로 알 수 있다

여기라 장담할 수도 없고 여기가 아니라고도 말할 수
없을 때, 비스듬히

누군가의 헛간에서 태어나 뭉툭해진 노구가 되었으니
지혜도 없고 비밀도 없는 자

돌밭에서 홀로 무뎌진다

떠오르는 별의 이름을 부르며 깨진 돌과 잘린 구근, 쥐
의 사체와 병 조각들의 고향을 찾아주며

땅을 판다

높지도 낮지도 않은 기울기로 삽날을 땅에 대고는 발로
꾹 차 넣어야 한다
차는 것도 아니고 미는 것도 아니다
그저 꾹 차 넣어야 한다

나는 지금 나의 무덤을 파고 있다
거짓말이다
나는 화로 속의 재로 남을 것이다

한때 나의 꿈은 완전하게 사라지는 것이었는데—

남극의 펭귄에게 내 몸을 산 채로 공양하는 것이었는데

땅이 없어 삽이 없는 들판 어디에 삽이 없어 이름을 파
낼 수 없는 무덤들이 있다고 한다

땅을 판다

노란 줄 그어진 아스팔트 위에서
오도 가도 못한 채 비스듬히
삽을 세우고 발로 꾹 차 넣는다

파

좌우로 정렬 좌로 번호

먼지 하나
먼지 둘
먼지 셋

먼지의 좌는 먼지, 그 좌도 먼지, 그 좌의 좌도 먼지

먼지 속 먼지와 먼지 밖 먼지는 사이가 너무 멀다
너무 멀어서 더블린과 런던만큼 멀다고 한다

빨간 모자를 쓴 조교는 생각한다

먼지 위 먼지와 먼지 아래 먼지는
먼지인가 먼지가 아닌가

셀 수가 없어서
먼지는 편성에 실패한다
먼지의 입소는 취소된다

고향 앞으로 가

노인은 손바닥을 펴 나무를 때린다

나무 뒤의 노인
노인 앞의 나무

노인 하나, 나무 하나, 노인나무 하나, 나무노인 하나,
허공 하나 번호 끝

노인과 나무노인은 동기 사이이다
노인나무와 나무는 같은 날 전역할 예정이다

허공과 나무는 한 침상에서 잔다

노인과 노인은 너무 멀다
멀어서 마주치는 일이 없다고 한다

컷

누군가의 전기 영화에 단역으로 출연했다

검은 슈트를 입은 백상어가 다이버를 공격했다
상어는 빵칼을 품에 숨기고 있었다
한 번도 마셔본 적 없는 링티를 들고 상어를 응원했다
감독은 걱정하는 듯한 표정 연기가 중요하다고 했다
단역 일당으로는 불가능한 연기일 것인데

주인공은 골목 끝 성당으로 도망치고 그 뒤를 아무도
쫓지 않는다
나는 사막 한가운데를 홀로 걷는 행인 1이었다
지평선 끝에 밥집이 보였다
채널 선택권은 밥집 사장에게 있었다
취향은 참을 수 있다
대사는 건너뛸 수 있다
그러나 걸음을 멈출 수는 없었다
선금을 받았으므로 엔딩 크레디트가 끝날 때까지 걸었다

평전을 편집할 때마다 우수리 떼이는 느낌을 아시나요

감독에게 묻고 싶었으나 조연출의 어시스트의 어시스트는 그 말을 전해주지 않았다

한 발만 더 디디면 사막 밖이다 감독은

식탁 위의 말라가는 물방울을 당겨 찍으며 해가 지고 있었다라는 대사를 급하게 썼다

물방울 안에서 다이버는 상어를 물어뜯고 밥 짓는 연기가 솟아오르고 사막의 경계에 서 있는 행인 1과 주인공은 타들어가며 한꺼번에 서로서로 가까워지고 있었다

해가 지고 있었다
해가 지고 있었다

바람 부는 날 창밖 은행나무 가지 끝에서 잎들이 일제히 움직일 때
나는 보았다

처음이었고 마지막이었다는 것을
모든 것이 컷 속에 멈춰 있다는 것을

팬데믹

1

음력 7월 새들이 뭍으로 올라와 산을 들어내고 세상에
서 가장 큰 경기장을 지었다. 마른 흙은 물고 가고 젖은 흙
은 물어 오니 못 하는 종목이 없었고 어떤 공연이든 할 수
가 있었다. 관람석은 까마득히 높았다.

앞줄에 10만 석, 뒷줄에 40만 석, 그다음은 2백만 석.
함성을 질렀다.
물안개가 피어올라 하늘과 물의 경계를 지웠다.

공연을 위한 크레인이 무덤 봉분에 웃자란 잡초처럼 구
름을 뚫고 솟아올랐다. 애리조나 보이즈 서커스단원 하나
가 고무줄을 매달고 수천 미터 아래로 강하하다가 운동장
바닥을 스치며 까마득히 솟구쳐 올랐다. 바람 타고 허공
으로 날아오르니, 어디로, 누구에게로 가 내려앉을까.

코러스는 크레인 난간에 올라 노래했다. 가끔은 발을
헛디뎌 광고판 위로 떨어졌다. 강철 크레인은 붉었고 활

강하는 소년들은 별처럼 반짝였다. 리드싱어는 누군가의
딸이었다. 아이 워나 댄스.

2

   공연은 매진이었다. 고무줄을 매단 소년 배우가, 그로
말하자면 한때 신동으로 아메리카 대륙을 빛낸 자였는지
라, 약간의 자아도취에 빠져 제트기처럼 활강과 상승을
반복하다가, 아직 공사 중인 VIP 라운지로 곤두박질쳤다.
내장 공사를 마치고 보안 시스템만 손보면 되는 상태였
는지라 마침 라운지에는 아무도 없었다. 소년은 발코니로
나가 까마득한 관중석 아래 필드를 내려다보았다. 아무도
소년을 찾지 않았다. 월계수로 노를 삼고 풀잎을 삿대 삼
아 물을 저으며 나아가니 강물 위로 달빛이 흩어졌다.

   소년은 나갈 길이 없었다. 문은 잠겨 있었고 몇 층인지
도 알 수 없었다. 남은 방법은 왔던 길로 되돌아가는 것뿐.
소년은 나뒹구는 고무줄을 고쳐 맸다. 호흡을 가다듬고

점프를 준비하다 책상 모서리에 사타구니를 차였다. 아프다. 순간 벽이 울리고 바닥이 흔들렸다. 함성은 점점 커졌지만 소년의 귀에는 들리지 않았다. 관중석에서 누군가 피리를 불었다. 애잔하고 쓸쓸했다.

소년을 구한 건 청소 용역 회사의 계약직 간부였다. 정직원들은 정시에 퇴근했고 임시직들은 파견지에서 곧장 퇴근했으므로 그녀는 혼자서 VIP 라운지의 문을 땄다. 거기 한 소년이 있었다. 누군가는 춤을 추고 누군가는 눈물을 훔쳤다.

3

그녀는 고무줄을 잘라내고 소년의 슈트를 벗겼다. 먼지, 꽃가루, 폭죽 냄새 가득한 소년의 공중그네용 슈트에는 별 호랑이 독수리 드래곤 봉황 유니콘 삼지창 버팔로 도널드 덕의 패치가 빼곡히 박음질되어 있었다. 그녀는 업무 전용 매직을, 그러니까 여기 청소 다 했음을 표시하는 적외선 특수 매직으로 소년의 맨살 등판에 가지런히 글자를 써 내려갔다.* 밝은 달은 별빛을 가렸고 까막까치는 남쪽으로 날아갔다.

　소년은 그곳에서 살아 나오기는 했다. 초고속 엘리베이터를 세 번이나 갈아타고 계단을 2천 개쯤 밟고 내려온 뒤 경기장 출구 가까이에 다다랐을 무렵, 소년을 알아본 군중이 환호성을 지르며 셀카를 요청했고 어깨를 내리쳤으며 격하게 끌어안았다. 그들 중 하나는 소년을 구한 청소 용역 회사 계약직 간부의 고종 당숙의 둘째 조카였고 또 다른 하나는 그녀의 전 직장 옆 부서 책임자의 이복동생이자 전전 직장 인사과 대리의 이종사촌이기도 한 경기장 설비 팀 막내와 약혼한 사이였다. 설비 팀 막내의 큰언니네 사돈댁 손위 처형과 그녀는 유치원부터 고등학교까지 동문수학한 사이였는데, 이 둘은 네 번 머리채를 쥐고 싸우긴 했으나 일천백스물여섯 번을 길 가다 우연히 만나 인사했고 그 두 배가 넘는 횟수로 같은 국과 반찬의 점심을 함께 먹었다. 그랬다. 짧은 인생, 장강이 마르는 날도 보게 될 것이다.

4

　소년은 그날 숙소로 돌아가지 못했다. 지갑도 없고 전화기도 없고 보건증도 없이, 하필 서쪽의 사막 한가운데서 나고 자라 혈혈단신 아르바이트 돌려가며 고시 생활 3년 만에 가까스로 막 임관한 청년 공안이 그를 번쩍 안아다 창살 버스에 실어버렸고, 버스는 한밤을 내내 달려 도시 외곽으로 나가, 버스에 실린, 인종은 다르지만 국적은 같거나 국적은 다르지만 인종은 같은, 자세히 보나 언뜻 보나 매한가지인 사람들을, 있는 것이라고는 왔던 길이 전부인 벌판 한가운데에 내려놓았기에, 소년은 거기서부터 도시를 향해 타박타박 걸어야만 했다. 반의 반의 반의 반도 못 왔을 때, 동쪽 하늘로부터 붉은 기운이 감돌기 시작했다.**

---

* 소년의 등에 새겨진 문장은 다음과 같다. "나는 너를 여기서 우연히 만나 홀로 사랑하게 되었으나 당신에게 이곳은 머나먼 이국의 땅, 하늘은 탁하고 우리의 운명은 너무나 붉어서 잠시 이별했다 언젠가 다시 만나 오늘 여기서 처음 널 본 그 순간처럼 그렇게 내가 널 사랑하게 된다면

그때는 너도 날 사랑하게 될지 몰라. 그럼 안녕, 내 사랑."

** 소동파의「적벽부」한글 번역본을 부분 부분 발췌해 고쳐 쓴 문장들이 있다. 번역은 차영익, 『蘇軾의 黃州時期 文學 硏究』(고려대학교 대학원, 2013).

제이핑크와 함께 춤을

남아시아계 언니에게
게르만족의 언어를 배우는 두 청년은
루프트한자라는 발음이 어려워
루프트한자라고 따라 해봐도
혀가 말을 듣지 않는지
애꿎은 노트만 볼펜 심으로 뭉개고 있다
지금 막 루프트한자의 나라에서 온 듯한
청년이 커다란 짐 가방을 메고
우산도 없이 비를 맞으며 지나간다
카페 사장은 날이 추워도 짧은 소매
날이 더워도 짧은 소매인데
이번엔 아프리칸이 아니라
함께해봅시다
아프리카아나아
아프리카아나아

레디— 파이브 식스 세븐—
(제이핑크가 손뼉을 친다)

원 앤 투 앤 쓰리 앤 포 앤

(제이핑크가 발을 구른다)

다다닷 타다닥 탓탁 타

(제이핑크가 우주를 삼키고 사라진다)

글자가 아니라 혀 모양이 달라서

국경 너머는 낯선 별자리들의 들판이고

박자가 아니라 뼈마디가 달라서

처마 아래로만 비가 들이치는지

핑그르르 돌아가는

찻잔 속에서

우리는 모두 어깨를 들썩이며

혀끝을 동그랗게 동그랗게

말아 올리고 있다

파이브 식스 세븐— 에잇

쿵
── 악몽 거울 속으로*

산 중턱에 마애불이 있다고 했다
흙길을 따라 한참을 올라왔는데
건널목이 있다
신발장이 있다
돌탑 아래 깨진 미등 조각과 휘어진 범퍼와 슬리퍼가
엉켜 있다
고속 열차가 지나가고 건널목이 열린다

갈 수 있다 볼 수 있다
기어를 미처 다 바꾸기도 전에
건널목이 닫힌다

이번에는 나귀를 앞세워 끝도 없이 소금 마차가 지나간다

하루를 보내고
아침이 왔으나 아까 그 나귀가 아까 그 마차를 끌고 또
지나간다

마침내 건널목이 열렸다 닫히고

고속 열차가 지나간다

치받자

산이 흔들리고 돌들이 무너져 내린다
무너진 능선 안쪽에 마애불이 있었다고 한다

* 이인성, 「하릴없이, 길 위에서, 부질없이 ― 악몽 거울 속으로 (2)」(『쑈』
2024년 하권)에서.

외길

종아리가 몹시 아파
백운대가 무너집니다
무너진 백운대는 절골 입구로 미끄러져 내려옵니다
색색의 등산객을 신고서—
내려오다 보니 보국문 갈림길에서
낚시 트럭이 뜰채와 낚싯대를 팝니다
지렁이는 없지만 야광 찌와 떡밥은 있어요
트럭 주인은 밤새 종아리를 주무르며 찌를 바라봅니다
별은 무심히 지고 새벽안개 차오르는 절골에서
백운대가 단장을 합니다
백운대는 백운대까지 올라가야 합니다
아침은 거르고 보온병을 챙기며 백운대는 생각합니다
물고기를 구해 가야 하나
넙치와 가물치와 메기와 쏨뱅이를
보국문 갈림길까지 낚시 트럭을 메고 온 사람을 위해
백운대는 그렇게까지 하려고 합니다
컵라면에 물을 부어 젓가락을 올려놓고
저기 멀리 롯데타워를 수초 삼아 몰려드는
물고기의 어종을 떠올려봅니다

백운대는 평생 산에 살았지만 물을 모르는 것은 아닙니다
낚시는 해본 적 없지만 굴러떨어진 적은 있습니다
지게에 돌을 지고 올라온 적은 많지만
백운대 정상에서 생선이 파닥거리는 것을 본적은 없습
니다
손목이 몹시 아파 백운대는 요리는 못합니다
날이 맑아 강화 앞바다에서 뛰어오르는 숭어와 인사하며
보국문에 낚시 트럭이 왔어—
소리를 질러봅니다
백운대는 보국문 갈림길에서 커피까지 마신 뒤
자리를 털고 일어납니다
백운대로 가지 않고 비봉 쪽으로 내려갈까 합니다
백운대가 백운대로 가지 않아
보국문 갈림길은 갈림길이 아니라 외길이 됩니다
외길이어서 낚시 트럭은 장사를 접습니다

붕

안경을 벗고 나타난 늙은 까마귀와
선짓국을 먹고
성곽을 따라 산에 오른다

마이너스 4.75디옵터
흐린 막대와 더 흐린 막대 사이로
검고 선명한 롯데타워가 솟구친다

까마귀 무릎에 파스를 붙여주고
돌담 사이사이 핀 붉은 꽃들을
누구의 충혈된 눈이라 할까

층층나무의 하얀 꽃 위로
맺혔다 풀어지는 동공 속으로
까마귀가 날아든다

한 계절, 빗속에 서 있으면
내가 흘려보낸 모든 사물과 이름이 순서대로 역류한다
롯데타워 옥탑까지 차오른다

찰랑이는 물동이를
주섬주섬 까마귀들이 물고 간다

어느 날은 어금니 날카로운 들짐승을 만나 안부를 주고
받았다
경광봉을 든 공무원에게 저기 멧돼지가 있네요
고자질했다

멧돼지가 잡혀간 능선 뒤에서 수녀님 두 분이
손을 꼭 잡고 내려오신다

귀의합니다── 맨홀 뚜껑에
참회합니다── 들짐승들의 모든 토굴에

그러나 토굴 밖에선
귀의보다 교부 신청이 먼저다
무엇보다 증빙 우선 세목 우선
긴꼬리제비나비 우선 배롱나무 붉은 꽃 우선

빗물 위로 차오르는 첫사랑은
사물입니까 이름입니까

가파른 돌계단을 마저 오른 뒤
고개를 숙이고 성호를 긋거나
가문비나무 모여 자라는 경사면을 길게 돌아가면
까마귀 손주들이 짝을 찾아 짖어대는

거기서부터는 —

한 번쯤 우연히라도
같은 길로는 다닐 수 없는
당신과 나를 위해
안경을 선물하게 된 후의 일입니다

개의 뿔

은빛 뿔이 두 개 달린 개를 보았다

머리 없는 인형만 수백 개, 문 앞에 쌓아두고 누가 어른
인지 언쟁을 벌이는 경적 소리를 듣고 뿔이 자란다

우체국 창구 직원에게 우체국 택배가 도착한다

이 로터리와 저 아래 로터리 사이의 일이다

뿔 달린 개의 뿔을 반송하고 뿔 달린 개를 찾으러 가는
동안
능소화 핀 담장 아래에선
개가 짖는다 개는 짖는다 개만 짖는다

인형 공장이 이사 가고 인슐린 창고가 이사 오고
앰뷸런스와 생수 차가 지나가고 별이 고양이를 물고 지
나간다

오지 않을 전표를 기다리다 때를 놓친다

허기진 배를 쥐고 능소화를 주워 먹다 능소화가 된다
해도 전표는 받지 못할 것이다
　오래전 나는 뿔과 함께 반송되었다

　꽃신 신은 할머니가
　한꺼번에 열세 마리를 낳아서 젖을 못 물린 뿔 달린 어
미 개의 주인에게
　젖을 물린다

　인형이 인형 머리를 찾겠다며 골목으로 들이칠 때마다
　뿔 달린 개들은 꼬리를 흔들고

　젖을 물고 살이 오른 개 주인의 목줄과 함께
　오후의 산책은 조금씩 길어졌지만

　개의 뿔은 밤새 자라고 나는 영영 돌아오지 못한다

망치

무너진다. 무너지지 않으려고 사개를 맞춰놓고 쐐기까지 박아 넣었다. 의자가 무너지지 않는 것은 장부 때문이 아니라 비어 있어서다.

벽돌에 얻어맞은 내가 계단참에 접혀 있다. 피 묻은 벽돌이 아직 피 묻지 않은 벽돌이었을 때, 나는 그의 목을 졸라 살해했다. 목 조른 것이 먼저였는데, 그는 벽돌을 집어 들고 쫓아와 내 머리를 내리친다.

빨간 벽돌로 태어나 잠을 청한다. 물이 흐른다. 누수다. 물은 한 자 한 자 밑줄을 그어가며 벽을 타고 내려와 천장 합판 위로 똑똑 떨어진다. 마지막은 얼룩이다. 나는 얼룩이었다. 그 직전엔 빈 의자 위의 얼룩이었고, 그 훨씬 전엔 의자를 만들던 목수였으며, 그다음엔 벽돌에 맞아 죽은 행인이었다. 이제 다시,

소나무길에서 비둘기를 만난 자로 태어난다. 새는 두 걸음을 걷고 한 발을 든다. 오래 멈춰 서서 발 놓을 곳을 찾는다. 안간힘으로 발을 내려놓기까지, 나도 숨을 삼킨다.

비둘기에게 행인이 필요하듯 우리에게도 행인이 필요합니다. 모이 주는 행인의 뒤통수를 쓰다듬는 행인의 목을 어루만지는 행인이 구 구 구 구 등장하는 소나무길 한 귀퉁이에서, 서먹하고 낯익은 빨간 얼굴들이 격자로 포개져 작약 구근을 겨우내 꼭 품고 있다.

4부

환생
── 데미안 허스트에게

돌탑 맨 위에 돌을 올려놓고 내려왔다
가끔 지진이 날 때마다 떠올린다
땅이 흔들리고
분홍색 돼지가 터널을 빠져나온다
내게 달려온다
가까이서 보니 세로로 잘린 돼지 반쪽이 쫓아오는 다른
반쪽을 피해 달려오고 있다
　난간에 매달린다
　난간은 기름지고 기둥은 물컹하다
　　　　투
　　　　두
　　　　둑
끊어진 난간을 손에 쥔 채 하염없이 떨어진다
　꽁꽁 얼어붙은 강물 위에서 놀라며 떨어지는 내 얼굴이
놀라며 떨어지는 나와 돼지들을 올려다본다
　돼지 반쪽이 내 등에 매달린다
　다른 반쪽도 매달리고 그 반쪽을 쫓아온 다른 반쪽도
매달린다
　언 강 위로 돼지들이 차곡차곡 포개진다

목련 꽃잎처럼

한 겹씩

봉정암 돌탑처럼

한 층씩

돼지 반쪽이 얼음에 비친 돼지 반쪽과 인사한다

얼음 속 돼지를 끌어안고 네 발로 선 돼지들이 납작해
진 내 몸을 내려다본다

얼음 낚시꾼은 다 돌아가고

얼음 돼지들이 강어귀로 몰려간다

터널은 닫혔다

밤이 찾아왔다

언 강은 녹고 풀씨는 떨어져 아무 데서나 자랐다

누군가 정수리 위에 돌을 올려놓고 내려간다

지진이 날 때마다 떠올린다

잠 없는 자국

걷어내고 닦고 말리면 자국이 남는다. 온다는 말은 듣지 못했다. 문을 두드리지도 않았다.

고양이가 없는데도 먼지 뭉치가 공처럼 밀려왔다 밀려간다. 학교가 없는데 학교 운동장에서 파울볼이 날아오는 것처럼 그것은 있다고 한다.

혜화역 미세 먼지가 옷장 안에서 자신의 태양계를 관철시킨다. 십의마이너스삽십육 초 뒤에 공룡이 옷장에서 튀어나올 것이다.

나는 락스를 사지 않을 것이다. 독일제 리무버도 사지 않을 것이다. 조만간 공룡에게 잡아먹히고 어느 땐가 걸레 밑에서 자국으로 다시 태어나 오늘처럼 불쑥 찾아온 자국을 내려다볼 것이다.

소야 베츠 미린 차츠바 오틴데 베르티사아막탁락. 다 자란 공룡들이 나를 사냥하며 부르던 이름. 미린에겐 애인이 있었고 막탁락의 부모는 기억이 나지 않는다.

노랗다는 건 주관적이고 검다는 건 과장이다. 닦인 자국이 덜 닦인 자국을 묘사할 수 없고 신앙할 수는 더더욱 없다. 그러니 이쯤에서 받아들이기를 바라.

옷장 안의 태양이 하얗게 부풀어 오른다. 장롱 문짝이 기울어진다. 인터넷으로 힌지를 주문하고 중화제를 검색한다.

먼지 공이 자국 위로 떨어진다.

다시 돌아와 자국에게 묻는다. 자국은 말이 없다. 자국을 노려본다. 자국은 잠을 잔다. 깬 적이 없어서 잠을 모르는 잠 속에서 자국을 건어내고 닦고 말려본다.

한 번도 떠난 적이 없었다지만, 왔다 갔기에 여기에 있는 것이다.

돌돌

강이 흐른다, 사무실 한가운데로

편집부를 거쳐 회의실로 향하는 물길

강은 넓고 깊고 고요하다

3월은 정화조 푸는 달

강변을 따라 그린벨트가 풀린다

새로 나온 문예지를 쌓아두듯

아파트를 짓고 나무를 심고 인공 호수를 판다, 출근하
자마자 삽 두 자루를 주문했다

강은 멈추지 않고 흐른다

혼자 몰래 떠내려가는 포스트잇

몽돌 강변을 떠올리며 신간 소설의 겉표지를 접는다

삽날이 깨지듯 두꺼운 종이는 접으면 터진다

갓 찍은 잉크는 쉽게 번진다

잉크가 번지는 동안 물고기들이 터진 겉표지의 틈새에
알을 낳는다

점심 먹고 돌아오면 눈만 생긴 알들이 대롱대롱 매달려
있겠지─

오후가 되어 삽 두 자루를 또 주문하고

다녀가신 화성 시그니처아파트 분양 센터입니다

스팸 문자를 지우고 자판에 얼굴을 묻고 쪽잠을 잔다

씻어놓은 삽으로 댐을 쌓고 수문을 만든다

책상에 앉아 차오르는 물을 바라보며 전표를 옮겨 적을
것이다

물새가 젖은 몽돌 하나를 물어다 책상 위에 올려놓는다

퇴근은 안 하시느냐고

수문을 살짝 열어놓고 창문은 닫는다

돌의 돌
── 돌돌

늦잠을 잤다

어제는 댐을 만드느라 고단했다

밤사이 강은 사라졌다

어제는 분명히 있었고 오늘은 없는 강 위에 댐만 남았다

강어귀의 채석장도 문을 닫았다

고사목 가지 끝에 입 빨간 물새가 앉아 이쪽을 보고 있다

혹시 이 풍경에서 잊으신 것 있지 않나요

물고기──

접어놓은 겉표지를 갈아 끼우며 알들을 찾아보지만 있을 리 없다

불현듯 사타구니가 뭉근해진다

새의 표정을 물고기에게 전해줄 수 없을 때 이유 없이 찾아오는 몸의 반응, 발기

남근을 잘라 강물에 띄워 보내면 새가 물고 날아올라 새끼들에게 먹이고 다 자란 새끼들이 둥지를 떠나며, 엄마 그때 그 물고기 이름은 뭐야

새의 공복이 남긴 이름──

애인은 스타일을 지적할 것이다

3백 권의 표지를 갈아 끼워 그중 열 권을 저자에게 보

낸다

    점심 지나 채석장에서 누군가 폭약을 터뜨렸다, 거적도
덮지 않고 진흙도 바르지 않은 채

    산 하나를 훌쩍 넘어온 머리통만 한 돌이 바로 눈앞 떡
갈나무를 찍고서는 어느덧

    모래알만큼 작아져 양말 속에서 까글거린다

    쿵 소리와 함께 드디어 댐도 사라졌다

    전화기가 울린다

    여기 로터리 우체국인데요

    이 물고기들 좀 데려가주세요,라고 한다

채석장
— 돌돌

자는 곳이 일정하지 않고 말과 말 사이에 스스러움이 없고 달리는 첫덩어리를 향해 악을 쓰다가 꽃을 보면 환하게 웃는다. 배낭에서 망치를 꺼내 보도블록을 내리친다.

올림픽기념국민생활관 앞 로터리로 채석장이 이사를 온다. 상떼빌이 무너진다. (베란다의 베고니아도 쏟아진다.) 누군가는 대장간을 떠올린다. 호미를 주세요. 낫을 주세요. 날 깊은 쇠스랑 하나 주세요.

3층 창가에서 백악기에는 로터리였던 저수지를 바라보고 있었는데, 망치 든 남자가 물속에서 돌을 깨고 있다. 망치질 한 번에 물고기가 사방으로 튀고 깨진 돌 틈으로 새 떼가 솟아올랐다. 호미를 들고 나가 물 빠진 저수지 바닥을 긁으며 밭고랑을 파기 시작했다. 알약 세 알에 가루약두 봉지고요 점심 약은 봉지가 달라요.

저수지에 짧은 우기가 찾아오고 코끼리가 언덕 위에서 달려 내려와 갓 자란 싹을 밟으며 우체국 방향으로 사라진다. 망치 든 남자의 망치질은 사흘에 한 번. 달포에 한 번. 어쩌다 1년에 한 번.

두드리듯이가 아니고 있는 힘을 다해 내리친다. 거대한
쟁기를 벼리듯 내리친다. 망치질이 끝나면 쟁기를 받아들
고 코끼리를 찾으러 갈 것이다. 코뚜레도 없이. 멍에도 없
이. 3층의 문은 열어둔 채로. 마른 저수지는 비워둔 채로.

삼천칠백사십오 일째
— 돌돌

창문이 반쯤 열려 있다. 한 줄 쓰고 창문을 반쯤 연다. 열린 창은 반쯤 열려서, 내 쪽을 향해 사과나무와 구급차를, 목이 늘어진 개와 자맥질하는 가마우지를, 한 글자씩 옮겨 심는다.

사과나무에 달린 사과는 빨강, 구급차는 사흘에 한 번, 투견은 매일 정오에. 물새는 열리지 않을 반쪽 창에 머리를 집어넣고 발을 구른다. 바둥,

아니, 바글바글하다. 창문을 닫는다. 복싱 선수의 어퍼컷과 격투기 선수의 어퍼컷은 다르죠. 달라요, 길이가 다르고 색깔이 달라요. 개가 달려요.

길 끝의 개는 사과를 문 채, 자맥질하는 새의 부리 속으로 뛰어든다. 새가 부리를 닫는다. 구급차는 출발한다. 사과나무 뿌리에서부터 저 아래 종말처리장까지. 한 글자씩, 꽃도 없고 잎도 없는 길이 난다.

토란 사과나무 로터리
— 돌돌

작년 이맘때 친구가 사준 5천 원짜리 꽃신을 신고 능소화가 흐드러진 담장 아래를 들숨에 지팡이, 날숨에 반걸음 순으로 지나가던 노파를 기록해둔, 지난여름의 문장을 꺼내 씨름하다, 밤을 새우고 출근한다.

국민생활관 옥외 주차장 계단참에 바다사자 네 마리가, 푸른 모자에 흰 페인트를 묻힌 인부 옆에 한 마리, 군복 바지에 얼룩무늬 토시를 찬 인부 뒤에 두 마리 그리고 나머지 한 마리는 계단 맨 위에서 하늘을 향해 목을 길게 뺀다.

바다사자가 있는 풍경, 차마 믿지 못해 눈을 감으면 알에서 깬 거북이가 돌진에 돌진을 거듭하는 모래언덕, 사물의 이름을 지우면 사물이 남고 사물을 지우면 사물의 이름이 남는 홑창의 이쪽에 서서, 발아래 동그라미 하나를 그려놓고 그 위에 올라가 감은 눈을 다시 감는다. 첨탑에 올라서면 성 밖 들판 너머 나루터를 향해 꽃신 신은 친구의 친구들이 바다사자를 몰고 간다.

능소화 핀 담장 위로 초승달이 뜨면 들숨 날숨 왼발 오

른발 포개가며 퇴근한 뒤, 싱크대에 바다를 채우고 껍질
벗겨 담가놓은 사물들이 하나의 이름으로 불어가는 동안,
소금기 가득한 눈동자를 굴리며 아무리 생각해봐도, 꽃신
신은 바다는 너무나 먼 곳이어서―

조이와 티거
── 최규승 시인에게

네가 밥 먹는 손 쪽에서 온다면 나는 고양이의 긴 수염
편지 쓰는 손을 흔들어 반갑다 한다 당신은

파쇄기 속 ㅎ은 어느 방향으로 잘릴까요
고양이들의 표정은 세로로일까요 가로로일까요

읽지 못할 편지는 양손으로 썼을까요 쓴다고 생각하면
안 되죠 쓴다고 말해도 괜찮아요
길게 여러 번 붙이면 식탁이 되죠 풀을 발라 집성하면
되니까

나뭇잎이 바람에 흔들리다 허공이 되듯이

내민 손들은 운동장이 되고 평원이 되고
핥아 먹기 좋은 마음이 됩니다

네가 고양이의 긴 수염이라면 나는 넘어진 물병에서 막
쏟아진 도깨비풀이어서

반갑다 한다 당신은

신발을 감추는 왼손과 간식을 붙잡는 오른손으로
어떻게 읽어도 ㅎ이고
읽지 않아도 ㅎ인 편지를 쓰는
당신이

꾸욱

구겨진다 눌린다

모로 누워 다리를 말고 밤새
달무리에 눌리듯 꾹꾹 눌려서

너의 잠에 젖꼭지를 물리고
품 안의 남벽은 구름에 뉘였다가

대관람차를 타고 마주 앉아
너에게 묻던 말들
마지막이라는 말

한 번도 타본 적 없는 놀이기구의 이름을
나는 왜 알고 있는지

등짝에 푸른 창을 내고
흙을 올려다 튤립을 심는다

조릿대가 끝도 없이 펼쳐진 골짜기

노루가 물을 먹다 놀라 달아나는

집으로 가자
집으로 가자

대관람차 안에서 내 손을 이끌던 너는
손목이 없다 발목이 없다
입술이 없다

아주 천천히 둥글게 말리는 중이라서 우리는
내밀 수 있는 것이 없었지만

어둠에 익숙해지거나 마음을 삼킬 수는 있었다

정상에 다다랐을 때
튤립은
고개를 들어 물끄러미
바람이 내민 손을 ──
밀어 넣고 있었다

눈밭

소나무의 가지가 부러진 것은 내가 뛰어내리면서 잡았기 때문

새가 발자국을 남기고 떠난 것은 눈이 왔기 때문

그녀가 영영 돌아오지 않는 것은

재가 되어 나무 아래 묻혔기 때문

이유를 찾지 못해 숙제들이 쌓여간다

길흉의 반대쪽에 허수아비를 세워놓고 아무것도 하지 않았다

밭인 줄 알고 내려앉은 네모난 땅

눈 쌓인 주택가 연립 옥상에서 새의 표정을 상상하다 새가 상상했을 나의 표정을 상상한다

새는 시를 쓰고 나는 모이를 먹는다

잘못 내려앉은 백지 위에서 새와 나는 덧문을 사이에 두고 서로를 향해 없는 이유를 지어내고 있다

선명한 새 발자국 여섯 개와 흐린 새 발자국 두 개
성당의 종소리는 하루 세 번

부리는 닳고 손은 곱아서
우리는 서로 길흉의 앞섶을 채워줄 수 있을까

눈밭의 허수아비는 사라지기로 한다
새는 수만 리를 날아와 보호종이 되어 곡식을 얻어먹고
돌아간다

소나무의 가지가 부러진다
나는 뛰어내리지 않았다

혜화아름누리점
— 장재훈 시인에게

라일락이 가출합니다
남천은 뿌리를 내립니다
짐승이 땅을 파고
여자는 구멍을 막습니다
전지가위로 너, 너, 너를 쳐내고
가지런히 목장갑을 벗습니다
손바닥은 검붉게 손톱 밑은 파랗게
손목에 파스를 붙이고 아르바이트를 시작합니다
멧돼지가 문을 열고 들어옵니다
응대에도 리듬은 필요합니다
조릿대는 안 팔아요 비비추도 안 팔아요 맥문동은 팔
아요
부스럭거리며 라일락이 창고에서 꽃을 꺼내 옵니다
골목에 내다 놓고 주인을 기다립니다
술집과 카페가 많아요
빈 화분과 개똥도 많지요
그렇다는 것은 메울 시간이 남아 있다는 것
라일락을 안고 퇴근합니다
버리고 간 이삿짐이 가득합니다

고무줄처럼 늘어나는 골목 끝에 서서

한 방에 잘려나갈 방법을 생각합니다

장장단으로

단단장으로

마사토를 맨 아래 깔고

상토와 퇴비를 섞고

미생물을 골고루 뿌려줍니다

저기요 투 플러스 원인데 두 개밖에 없어요

진천에 갔다가 군포까지 들렀지만

품절이랍니다

꽃은 한 송이면 충분합니다

피어나기만 한다면야

막대기 꽂고 이파리 붙이고 꽃대를 달아

그저 꽃이기만 한다면야

라일락에게 이 말을 전해준 이는

사장님

잔돈이 비는데요, 사장님

오늘은 조퇴를 하려는데요, 사장님

단말기가 자꾸 먹통인데요, 사장님

사장님, 카메라가 열 대면 매출은 열 배씩 저장되나요

문자를 보낸 라일락은

파종하기 좋은 14온스짜리 아이스아메리카노 빈 컵을
씻어서 숨겨둔다

잠 없는 극

극단 연습실로 손수레를 주문한다
손수레 대신 대형 트랙터가 배달된다
냉장고에 코끼리를 넣는 방식으로 택배가 왔다
박스를 뜯고 쟁기를 달고 열쇠를 꽂고 액셀을 밟는다

무대 음악은 밴드가 직접 연주하는 것으로— 드럼 독
주— 풍요의 강은 어둠 속에서

극은 최근 일어난 고가 붕괴 사고를 다루고 있다

고가가 무너지면서 고가 인근 상가도 주저앉는다
고가 위 기차가 달리며 쓰러지는 모습을 호텔 객실에
서 조망하면서 투숙객 1이 독백하면, 맞은편 빌딩의 커피
숍에서 고객사 직원과 마주 앉은 주인공은 손수레를 끌고
와 맨 앞줄의 관객을 대피시키기만 하면 되는 것이었다

나는 행인 1, 환자 1, 관객 6이었다가 막 사이에는 소품
을 제자리에 옮겨놓아야 했다

우리는 손수레가 필요했고
주문했고
받았으나

트랙터가 차지한 무대──

책상 놓을 곳도 없는 무대에서
누구라도 우리는 막막해졌다

> 그해 여름 뜨거운 태양 아래 도시는 타들어갔
> 고 해가 지면 약속이나 한 듯 검은 구름이 몰
> 려와 억수 같은 비를 쏟아부었다. 9시 뉴스가
> 끝나면 몸집 커진 별들이 나타났고 둑이 무너
> 져 트랙터들이 바다로 떠내려갔다. 소들은 가
> 까스로 섬에 올라 구조되었으나 트랙터는 아
> 무도 건져주지 않았다.

이제라도 트랙터에게 말을 가르치자
그러지 말고 수어부터 가르치자

손을 모아 트랙터에게 부탁하면 트랙터는 전진, 후진, 회전 그리고 가만히 서 있는 것밖에는 하지 못했다

가끔은 경적을 울렸다

사이.

무너진 고가 밑에서 카지노를 털었다
칩을 들고 도망친다
관객 3이 혼자 웃는다
도둑은 트랙터를 타고 선로를 건너 무너진 고가를 따라
무대 뒤로 사라진다

막.

세탁기의 받침대가 헛돈다
가지고 온 칩으로 수평을 맞춘다
세탁기는 잘도 돌고 욕실은 무사했다

밤이 깊어 할머니는 수챗구멍을 닦으려다 손을 베인다
반창고를 붙이고 한 움큼 머리카락과 함께 트랙터를 봉
투에 담아 어둠 속에 내다 놓는다

만해의 집

탁자 위엔 사탕이 있다

길고양이는 탁자에서 사탕을 훔친다
사탕을 사랑의 오기라 한다

캡슐 커피와 우주왕복선을 갈마보며
누군가는 사랑을 사탕의 오기라 하고

길고양이의 그루밍이 그루밍을 커버한다

사탕을 머리에 인 지붕이
종아리만 보이는 닻별이

한때는 우주왕복선의 선장이었고
지금은 길고양이인 길고양이가 길을 막고 있다

지나갈 수 없어서 길은 사라진다

사랑이라니까

사탕이라니까

길이 사라져 길고양이는 사라진다
길 없는 길고양이는 고양이가 된다

고양이는 그루밍의 초판 버전을 시연한다
은하에 밤하늘 구르듯이

캡슐은 터지고 우주왕복선은 빈 캔과 함께 수거된다

고양이라니까
사탕이라니까

밤마다 푸른 불을 켠 우주왕복선들이
담장 위로 선회하는 것을 본다

광물의 식물학

이은지
(문학평론가)

1. 유리를 보기

최하연의 시 세계를 관통하는 철학은 그가 그간 펴낸 시집들의 제목을 통해 단적으로 확인할 수 있다. 시집의 얼굴과도 같은 제목들은 하나같이 이질적인 두 요소의 병치로 이루어져 있다. 흰 건반과 검은 건반이 아찔할 만큼 인접해 있는 '피아노'(『피아노』, 문학과지성사, 2007), 분방하게 비행하며 예측 불가의 동선을 그리는 '팅커벨'과 화분 속 한 줌 흙으로 차폐된 식물의 생장을 진열하는 '꽃집'(『팅커벨 꽃집』, 문학과지성사, 2013), 자신의 자장 위에 놓인 대상을 어디로 튈지 알 수 없게 만드는 '디스코팡팡'과 어디에 놓여 있든 동일한 시간을 가리키도록 설계된 '해시계'(『디스코팡팡 위의 해시계』, 문학실험실, 2018), 끝없이 방랑을 거듭하는 '보헤미아'와 대상이 투과하는 순간의 상(像)을 투명한 표면에 고정시키는 '유리'(『보헤미아 유리』)까지. 의미들의 무질서하고 무작위한 접맥으로부터 새로이 개화하는, 무의미에 가까운 가상의 의미망을 짓고 또 허물기를 반복하는, 혹은 허물어뜨리기 위해 짓는, 고행인지 놀이인지 규정할 수 없는 시 짓기를 통해 행진인지 유배인지 알 수 없는 시들의 무한한 병렬을 지켜보는, 그러다가 그 너머를 슬쩍 건너다보기도 하는, 과연 그는 견자(見者)다.

그의 시적 도정은 이러한 견자로서의 태도를 견지하기 위한 전략적 수정의 여정이었다고 할 수 있다. 초기에는 세계와 우리 곁에 산재한 '허공'의 깊이를 측량 불가한 '물자체'로 시 곳곳에 산포하며 끝없이 열어내었다면, 이후에는 우연적·일시적으로 붙들어 매는 것을 가능케 하는 임의의 좌표를 측정하여 시 속에 꾸준히 심어두는 작업으로 이행하였다. 최하연의 시적 지평에서 허공은 주로 부재와 고독의 장소로 치환되어 호명되곤 했지만, 이번 시집을 통해 분명해지는 것은 그의 시가 허공을 그 어느 곳보다도 (무)의미가 가득 찬 공간으로 지각한다는 점이다. 허공은 보이지 않는 입자들이 그야말로 '유랑'하며 때때로 서로 잇닿아 희미한 별자리를 그었다가 스러지기를 반복하는 공간이다. 시인은 그러한 허공을 일구고 가꾼다. 허공의 입자들이 빛을 받고 물을 머금어 싹을 틔우기를, 허공으로부터 허공을 향해 연둣빛의 줄기를 무질서하게, 정확히는 무질서로부터 미지의 질서를 타진하며 뻗어나가기를 기다린다. 그것들이 생장해가며 때로 허공을 뚫고 현실에 제 그림자를 내보이는 기적을 가만히 듣는다.

그러니 『보헤미아 유리』에서 '유리'란 허공의 또 다른 이름이다. 벤야민이 19세기 파리에 등장했다가 스러진 파사주의 건축 양식에 대해 사유하면서 보여주었듯이 유리는 공간의 위상을 마술적으로 변모시킨다. 유리로 된 지붕은 실외와 실내의 경계를 무화시키고, 유리로 된 진열장은 상품들을 가까이 들여다볼 수 있지만 손을 뻗어 만질 수는 없는 갈망의 대상으로 만드는 것이다. 유리는 대상을 투명하게 통과시키기 때문에 대상과 시선 사이에 아무것도 없는 것 같지만 사실 거기에는 항상 유리가 있다. 아무것도 없는 것 같지만 분명히 있는 무엇으로서의 유리는 허공의 지시체다. 시인은 대상을 한 겹 감싸고 있는 유리를 보듯이 허공을 본다.

> 원릉 사신다는 할아버지는 이씨가 아니라 최씨였는데
> 퇴계원 가는 길을 모르신단다
> 퇴계원을 갈 수 없어 원릉을 못 가시는 할아버지
>
> 원릉이 어디입니까
>
> [……]

할아버지의 손가락이 허공을 가로질러 표 사는 곳을
가리킨다

—「잠 없는 꿈」 부분

소년은 나갈 길이 없었다. 문은 잠겨 있었고 몇 층인
지도 알 수 없었다. 남은 방법은 왔던 길로 되돌아가는
것뿐. 소년은 나뒹구는 고무줄을 고쳐 맸다. 호흡을 가
다듬고 점프를 준비하다 책상 모서리에 사타구니를 차
였다. 아프다. 순간 벽이 울리고 바닥이 흔들렸다. 함성
은 점점 커졌지만 소년의 귀에는 들리지 않았다. 관중
석에서 누군가 피리를 불었다. 애잔하고 쓸쓸했다.

—「팬데믹」 부분

끈적이는 격자에 갇힌다
거미는 나를 친친 감고 오래오래 먹어치울 것이다
이미 그랬던 것처럼

나는 거미의 꿈이다

—「거미」 부분

「잠 없는 꿈」에서 "퇴계원을 갈 수 없어 원릉을 못 가시
는", 아마도 기억의 퇴행을 앓고 있을 대합실 "할아버지

의 손가락이 허공을 가로질러 표 사는 곳을 가리"킬 때 허공은 그의 손가락에 조붓이 걸려 있다. 「팬데믹」 속 공중 그네를 타는 서커스 소년이 관중석 뒤편으로 추락해 행방이 묘연한데도 "아무도 소년을 찾지 않"는 동시에 "함성은 점점 커"져갈 때, 관중은 저도 모르게 허공을 향해 열광하고 있다.

　손가락으로 허공을 가리키는 노인과 공중그네를 타는 소년은 거미줄에 매달린 거미의 후예이기도 하다. 허공에 집을 짓는 거미, 허공의 어느 지점에 실을 엮어야 할지를 정확히 간파하는 거미의 역능은 실체 없는 허공을 유리처럼 단단한 실체로 감각하는 시인의 그것에 상응한다. 「거미」에서 "줄도 없이 중력도 없이" "타일 줄눈을 타고 내려"오는, 허공이 낳은 존재인 것도 같은 거미가 "타일 줄눈을 잡아당"기자 "욕실은 찌그러진다". 허공 – 거미가 공간을 뒤틀어 타일 줄눈으로 엮은 격자 공간에 갇힌 '나'는 거미에 머리를 깨물리고 거미의 꿈을 분유하고 이형(異形)의 존재로 회귀하는 중이다. "집 없는 거미는 본 적 없으며/집에 든 거미를 죽인 적 없으니", 기실 거미를 불러들인 것은 '나'의 의지다. 세계의 질서로부터 이탈하여 세계의 바깥, 세계의 시원인 허공으로 이식되기 위해 기꺼이 제 존재를 깨물리려는, 존재의 표면이 탈각되어 존재의 규정이 어긋나고 너덜너덜해져 존재의 이전·이후·바깥과 가뭇없이 뒤섞이기를 희원하는 그의 의지는 허공의 의

지이기도 하다. 그는 허공이 꾸는 꿈이다. 그렇게 허공이 그에게 섞여 들어간다.

존재의 깨물림, 존재의 깨묾이 갈마들며 다른 차원의 실존을 열어젖히는 무한에 가까운 순간들에 최하연의 시는 정지해 있다. 유리 진열장 너머의 마술적 아우라가 영원히 꺼지지 않을 것처럼 명멸하듯이 그의 시는 존재가 껍질을 벗는 순간, 허공이 허공에 먹히는 순간, 물자체가 그 자체의 생장점을 따라 생동하는 순간을 끝없이 포착한다. 거미가 가장 정확한 지점에 거미줄을 토해내듯이 시 또한 가장 적절한 어느 곳에 툭, 부려진다. 누군가를 멈춰 세우듯 단발(單發)로 터져 나오는 단음절의 제목들(「쉿」「쉬」「파」「컷」「쿵」「붕」)은 존재 바깥의 현상을 돌출시키고 존재를 제 의식으로부터 절연시키기 위한 의도적인 장치이기도 하다. 그렇게 만사가 존재 바깥으로 내쳐진 찰나의 순간에 만물이 허공에 삼켜진다. "개가 짖는다. 새가 돌아앉는다. 모과나무의 그림자를 갉아먹으며 딱정벌레가 지나간다. 그림자가 그림자를 깨문다. 물린 자국을 따라 응달의 경계가 생겨난다"(「쉿」). 깨물린 자국을 따라 존재와 존재가 서로를 향해 엮여 들어가는 곳에 허공이 집을 짓고 바람의 방향을 가늠하며 무언가 더 걸려들기를 기다리고 있다.

거미 – 허공은 집의 지음새를 따라 시 된 것과 시 아니 된 것이 갈라지는 모양새를 들여다보고, 시 아니 된 것이

또 다른 허공의 처소에 들어 다시금 시가 되기도 하는 것을 건너다본다. 허공이 허공을 본다.

> 양철 지붕 위로 비가 내린다
> 하얗게
> 낯선 도시의 장례식장 앞에서
> 시외버스를 기다리듯
>   톡
> 들판과 들판이 이어지는 꽃대의 어디쯤에서
> 먼저 온 버스에 올라 내릴 곳을 가늠하듯
>   톡톡
>
> ——「흰 꽃」 부분

"양철 지붕 위로 비가 내"리는 "낯선 도시의 장례식장 앞에서/시외버스를 기다리"는 장면과 "들판과 들판이 이어지는 꽃대의 어디쯤"이 "톡" "톡톡" "툭"(「흰 꽃」) 빗소리를 따라, 정확히는 하나의 빗방울이 지면에 닿으며 산산이 부서지는 파장을 따라 하나인 듯 아닌 듯 병존하는 풍경이 그러하다. "창을 열고 그물을 던진" 뒤 누워 잠든 "풀밭에"서 "민들레 꽃대에 도르래를 달아 그물을 당"기자 물고기가 딸려 올라오고 "그물코를 물고 잠수함이 지나"가고 "어뢰가 터"지는, 풀과 물이 경계 없이 혼융되는 「닻」의 풍경이 그러하다. 이질적인 장면들이 무람없이 섞여드는 시의 지평은 여러 개의 거미줄이 원경과 근경의 구분 없이 허공에서 겹쳐지는 감각, 그림자와 그림자가 무게도 방위도 휘발된 채 포개어지는 감각에 닿아 있다. 그러니 "너도 어부는 아니잖니" 반문하는 무명의 물고기를 향해 "어쩌면 우리는 파산한 사이"라고 화자가 자조할 때 '파산'이란 관성적인 관념의 파산, 그러한 관념의 더미로서의 아늑한 의미망을 향해 내려지는 파산일 것이다. 무한한 짓기의 연쇄와 파쇄. 무한한 허물기로서의 파산. 짓기, 허물기, 짓기, 허물어지기, 또 짓기.

2. 먼지를 훑기

물고기 모양의 신발과
신발 모양의 물고기가
대롱 끝에서 부풀어 오른다

신발 속 모래 한 알
털어내려면 한 발로 서야 한다

걸을 때마다 소식이 생긴 것 같아
그냥 두었다

모래 한 알은 갠지스에도 있고 새만금에도 있지만

각자 먼 길을 가고 있다

——「보헤미아 유리」 부분

　거미줄이 찢기고 뜯겨 나간 자리를 채우는 허공은 흡사 얼룩과 같다. 시의 집이 지어졌다가 허물어진 허공에도 그러한 얼룩-자국이 남는다. 이 자국을 따라 허공이 흘러들어 채워지는 과정은 명확히 보이지는 않지만 어렴풋이 가늠되는, 통시적이자 공시적인 흐름을 형성한다. 시인은 이 흐름의 길을 따라 허공을 부유하는 입자들을 정렬하고자 한다. 이는 현실의 권역에 없는 미지의 의미망을 개설하는 것이기도 하지만 잊혀진 태고의 의미망을 재건하는 것이기도 하다. 가령 "신발 속 모래 한 알"로부터 "갠지스에도 있고 새만금에도 있지만/각자 먼 길을 가고 있"는 무수한 "모래 한 알"을 떠올리는 일, 신발 속에 흘러들기까지 "어디에서 왔는지도 모르는 모래"(「보헤미아 유리」)의 여로를 듣는 일은 현실이 망각한 의미망을 불러들인다. 그런가 하면 "먼지 속 먼지와 먼지 밖 먼지"의 사이를 가늠하고 "먼지 위 먼지와 먼지 아래 먼지"(「파」)가 동형(同形)인지를 파악하는 일은 현실이 모르는 의미망을 모색한다. 존재의 가장 한갓된 단위로서의 모래와 먼지가 어딘가로 숨어들고, 때로는 서로 열을 맞추고, 뭉쳐졌다가 흩어지기도 하는 것을, 허공의 얼룩을 따라 입자들이 저

들만의 체계를 그었다가 지우는 것을 그의 시가 살뜰하게 기록한다.

푸르게 비어 있는 듯한 대기가 온갖 원자들로 채워져 있듯이, 검게 비어 있는 듯한 우주가 갖은 암흑 물질로 들어차 있듯이, 언제 어떤 계기로 가시화될지 알 수 없는 입자들이 우리의 주변을 숨 막히게 채우고 있다. 시인은 없지만 있는 이 입자들, 포착되기를 기다리거나 포착되기를 거절하거나 포착되는 데 실패하는 입자들의 무더기로서의 '없음'을 발굴한다. 없음의 있음이 남긴 자국을 추적한다. "혜화역 미세먼지가 옷장 안에서 자신의 태양계를 관철시"키며 "불쑥 찾아온 자국"으로서의 존재감을 내비칠 때 시인은 그저 자국을 닦지 않는 것으로 자국을 온존한다. 때로는 "한 번도 떠난 적이 없었다지만, 왔다 갔기에 여기에 있는 것"일 수밖에 없는 자국을 자국으로 남기기 위해 "걷어내고 닦고 말려본다"(「잠 없는 자국」). 때로는 인과를 거슬러 되감는 행위 속에 없음이 있음으로 굳어가고, 있음이 없음으로 말라가며 자국으로 모습을 드러내게도 한다. 물고기는 신발의 자국이고("물고기 모양의 신발") 신발은 물고기의 자국이다("신발 모양의 물고기", 「보헤미아 유리」).

시의 집에 흘러들었다가 집이 무너진 허공에 남은 입자의 얼룩 – 자국 – 흔적을 거슬러 추적하는 일이 다시금 시가 된다. 그렇기에 그의 시에서 입자들을 그러모으는 일은 언제나 얼마쯤 회귀적이고 임의적이다. 입자들의 움직임이 역류하고 범람하는 물의 속성을 닮아 있는 것은 그래서일 것이다. 빗속에서 "흘려보낸 모든 사물과 이름이 순서대로 역류"(「붕」)하고, "나는 얼룩이었다. 그 직전엔 빈 의자 위의 얼룩이었고, 그 훨씬 전엔 의자를 만들던 목수였으며, 그다음엔 벽돌에 맞아 죽은 행인이었다"(「망치」)고 기억을 되감고, 가슴에 붉게 그어진 "줄을 타고 바닷물이 넘어오고//줄 위로 조각달이 떠오"(「긋」)른다. 그저 넘쳐 흐르거나 넘어왔다가 물러간다. 시의 완벽한 재건은 불가능할 뿐 아니라 애초에 그의 시가 지향하는 바도 아니다. 시는 언제나 시의 폐허에 잠깐 세워지는 가설무대와 같다. 그의 시는 폐허가 기억하는 풍경을 흉내 내 보고는 서둘러 허물어진다. 기꺼이 허문다. 가설무대에 모여들었던 입자들이 방류되어 순식간에 흩어진다. 물질이 아닌 입자의 시간에 다시금 정류하며 현실이 아닌 꿈을 부유하듯 한다. "목화솜에겐 꽃의 사연이 있고 템퍼에겐 석유의 관습이 남아 있듯이"(「당집」) 사물이 사물 이전의 물질을 꿈꾸고 물질이 물질 이전의 입자를 꿈꾼다. 그리하여 시는 잠 없이도 꾸는 꿈이 되고자 한다.

그런데 잠 없이 꾸는 꿈이란 어떻게 이루어지는 것일까. 최하연의 시를 달리 일컫는 표현일 '잠 없는 꿈'에 도달하려면 무엇을 달성하고 무엇을 포기해야 하는가. 잠 없는 꿈이란 잠이라는 무의식의 영역을 벗어나 의식의 지평에서 꿈을 꿔야만 하는, 매우 난망한 일이다. 무의식이 하는 일, 즉 꿈 재료를 '억압'하고 '전치'시키는 꿈 작업을 냉징한 의식과 뚜렷한 지가 속에서 이루어내야 하는 일이다. 그렇기에 잠 없이 꿈을 꾸기란 의식을 무의식에 가깝게 변모시키는 일, 의식의 체계에 무의식의 체계를 이식하여 자라나게 하는 일과 같다. 합리적 이성을 의도적으로 두들기고 마모시켜 비이성의 윤곽을 닮아가게 만드는 일과 같다. 시인의 시에서 이 기이한 변신이 망치와 삽과 같은 문명의 오랜 도구들을 통해 이루어지는 것은 자연스러워 보인다. 이 도구들은 꿈 아닌 것을 꿈으로 '억압'한다. 호접몽의 주역인, 꿈과 꿈 아닌 것을 유유히 넘나드는 나비가 망치로 의식을 두들겨 얇디얇게 편다. "죽은 자의 혼을 망치로 두드려 납작하게 펴"는 "나비의 노동이"(「나비와 망치」) 꿈 아닌 것을 꿈과 같이, 죽은 자를 산 자와 같이 정제해낸다. "돌밭에서 홀로 무뎌"져온 삽은 "떠오르는 별의 이름을 부르며 깨진 돌과 잘린 구근, 쥐의 사체와 병 조각들의 고향을 찾아주며//땅을 판다". "여기라 장담할 수도 없고 여기가 아니라고도 말할 수 없을 때" "높지도 낮지도 않은 기울기로 [……] 차는 것도 아니고 미는 것도 아니"게, "꾹 차 넣"(「삽」)는다.

무의식이 아닌 의식의 편에서 꿈을 꾸기 위한, 대장장이와 기술공의 것과 같은 느리지만 착실한 노동 끝에 꿈은 잠의 품을 벗어난다. 혹은 의도적인 실수, 계획된 아둔

함이 세계의 체계를 어긋나게 하고 무지의 무질서를 향해 역류하게 함으로써 꿈을 잠의 바깥으로 '전치'시킨다. "태초의 말씀을 받아 적으면서도 다리를 긁는" 부주의한 "바야바"가 "집진기에 말려 올라간" 털을 뽑아내느라 "잘못 옮겨 적은 말씀을 한 자 한 자 고"칠 때, 산이 무너지고 둑이 터지고 "골고다의 언덕에선 토사가 흘러내"린다.

> 토사를 밟고 바야바는 겅중겅중 뛰었다. 샤워기 밑엔 말씀이 비듬이 되어 버석거렸고 바야바는 안식일에도 출근을 해서는 열을 재고 손을 씻고 입을 막았다. 바야바는 손뼉을 치고 발을 구르고 재주를 넘었다.
>
> ──「살로메의 쟁반」부분

이처럼 "털이 길고 털이 많고 생각은 짧"은 바야바가 내 방에 살게끔 영 내버려두는 「살로메의 쟁반」 속 화자는 거미에 깨물리기 위해 거미를 죽이지 않는 「거미」의 화자와 같다. 이성의 언어가 아닌 피안의 언어가 무차별하게 밀려들도록, 잠 속의 존재가 잠 바깥에서 날뛰도록, 현실의 관성이 뒤틀리고 무너지도록 의도적으로 내버려둔다. 그렇게 꿈을 꾸어도 무방할 만큼 닳고 다져진 의식의 세계에 '없음'으로 있는, 유동하는 입자들이 임의로 정렬했다가 흩어지기를 무수히 반복하며 남기는 자국들이 덧칠해지고 덧발라지고 덧붙여지며 서서히 퇴적되어, 먼지처럼 포슬포슬하고 모래처럼 까끌까끌했던 기억을 간직한 채, 돌의 형상을 갖추어간다.

3. 돌을 심기

'돌'이란 존재가 존재 내부로 꺼져 들어가는 몸짓이 그대로 굳어진 형상이다. 빛도, 소리도, 자신을 가리키는 언어마저도 모두 흡수해버리고, 단지 스스로를 끝없이 들여다보는 것으로 영겁을 소일하기로 마음먹은 존재가 저절로 갖추게 되는 형상이다. 돌은 스스로를 들여다보며 재편되는 자기만의 체계, 자기만의 궤적을 항구적으로 빚어낸다. 최하연의 시적 지평에서 돌은 시를 짓고 허물기를 반복하며 허공에 남는 자국이 무수히 겹쳐진 끝에 탄생한다. 부재와 부정의 심연으로서의 허공을 영원히 떠도는 것에 그치지 않고 허공으로부터 추렴한 의미들을 축적시켜 미지의 광물, 무국적의 대지로 거듭나게 하기 위함이다. 미증유 입자들의 응집체이자 결정체인 돌은 그의 시가 도달할 수 있는 가능성 중 하나이다. 태양계 바깥의 외계에서 온 것으로 관측되는 천체 '오우무아무아'가 긋는 궤도를 따라 기억들이 출현하고 또 뒤섞이듯이(「오우무아무아」), 존재의 세목을 규정하는 관성을 초월한 의미망이 돌을 따라 형성된다.

돌에서 떨어져 나오건, 돌이 깎여서 몸피가 줄어들건, 돌을 세공하여 미끈해지건 돌은 돌이다. 돌은 이전에도 돌이었고, 현재에도 돌이고, 미래에도 돌일 것이기에 정방향의 시간성은 물리적으로 무용하다. 돌은 그저 자신이 돌이었던 모든 시간을 뒤섞어 관조한다. 모든 시간이 뒤섞인 차원에 돌인 채로 놓여 있으니 공간 또한 초월하듯 한다. 「쿵」에서 화자는 "산 중턱에 마애불이 있다고 했다" 하여 한참을 오르지만 "건널목"에 이어 "신발장이" 등장하는 기이한 광경 뒤에 "고속 열차"와 마주치고, "나귀를 앞세워 끝도 없이 소금 마차가 지나"가는 것을 지켜본다. 차를 내달리기도 전에 황급히 닫히는 건널목 앞에서 하루를 꼬박 새우고 다시 나타난 고속 열차를 향해 화자는 차를 치받는다. "산이 흔들리고 돌들이 무너져" 영영 도달할 수 없게 된 "무너진 능선 안쪽에 마애불이 있었다고 한다". 마애불이 '있다'고 했던 도입부와 마애불이 '있었다'고 하는 종결부가 시간의 흐름을 암시하지만 도입부의 화자는 "돌탑 아래 깨진 미등 조각과 휘어진 범퍼"를 목격한 바 있다. 종결부의 화자가 차를 열차에 치받은 뒤의 잔해가 도입부의 길목에 널부러져 있는 셈이다. 시간도 공간도 흡사 돌 속의 돌처럼 영겁의 방향으로 굴절하며 영원히 조우할 수 없는 마애불의 주위를 화자는 그저 선회하고 있다.

돌을 짓고 그 존재를 지각하는 일이란 세계를 초월한

세계를 맞이하는 것, 세계의 꿈을 세계의 잠 바깥으로 부려놓는 것과 같다. 이러한 우연과 무작위, 무맥락의 세계를 불러들이기 위해 역설적으로 얼마나 꾸준하고 정연한 노고가 요구되는지 "돌돌"이란 부제의 연작에서 확인할 수 있다.

강이 흐른다, 사무실 한가운데로
편집부를 거쳐 회의실로 향하는 물길
강은 넓고 깊고 고요하다
3월은 정화조 푸는 달
강변을 따라 그린벨트가 풀린다
새로 나온 문예지를 쌓아두듯
아파트를 짓고 나무를 심고 인공 호수를 판다, 출근
하자마자 삽 두 자루를 주문했다
[……]
씻어놓은 삽으로 댐을 쌓고 수문을 만든다
책상에 앉아 차오르는 물을 바라보며 전표를 옮겨 적
을 것이다
물새가 젖은 몽돌 하나를 물어다 책상 위에 올려놓는다
퇴근은 안 하시느냐고
수문을 살짝 열어놓고 창문은 닫는다
                              ─「돌돌」 부분

이 시의 첫 행은 "사무실 한가운데로" 흐르는 강이 현실로 범람하는 사태로 시작한다. 아무 전조도 예고도 없이 들이닥치는 "넓고 깊고 고요"한 강을 대면하며 화자는 "삽 두 자루를 주문"한다. 갓 찍어낸 잉크의 마르지 않은 수분에 물고기가 스며들어 알을 낳고 사무실에 물이 차오르는 동안, 화자는 사태가 현실을 침범하되 잠식하지는 않도록 "댐을 쌓고 수문을 만든다". 그러고 나서 "수문을 살짝 열어놓고" 강물이 흐르도록 유도한다. 이어지는 「돌의 돌―돌돌」에서 "어제는 분명히 있었고 오늘은 없는 강 위에 댐만 남았다". 댐을 쌓고 수문을 열어놓은 덕분에 강은 밤새 현실을 잠깐 할퀸 뒤 지나갔을 뿐이다.

> 늦잠을 잤다
> 어제는 댐을 만드느라 고단했다
> 밤사이 강은 사라졌다
> 어제는 분명히 있었고 오늘은 없는 강 위에 댐만 남았다
> 강어귀의 채석장도 문을 닫았다
> 고사목 가지 끝에 입 빨간 물새가 앉아 이쪽을 보고 있다
> 혹시 이 풍경에서 잊으신 것 있지 않나요
> 물고기―
>
> ―「돌의 돌 ― 돌돌」 부분

그러나 "강어귀의 채석장"에서 누군가 "거적도 덮지 않고 진흙도 바르지 않은 채" 부주의하게 폭약을 터뜨리자 "산 하나를 훌쩍 넘어온 머리통만 한 돌이 바로 눈앞 떡갈나무를 찍고서는 어느덧/모래알만큼 작아져 양말 속에서 까글거린다/쿵 소리와 함께 드디어 댐도 사라졌다". 돌을 쌓아 사태를 길들이려 하는 이와 돌을 깨뜨려 그저 사태를 분출시키려 하는 이가 대치한다.

「채석장 ─ 돌돌」에서 이제 화자는 로터리로 이사 온 채석장에서 "로터리였던 저수지"를 바라본다. 이번에는 "망치 든 남자가 물속에서 돌을 깨고 있"고 조심성 없기는 매한가지라 "물고기가 사방으로 튀고 깨진 돌 틈으로 새떼가 솟아"오른다. 이에 화자는 "호미를 들고 나가 […] 저수지 바닥을 긁으며 밭고랑을 파기 시작"한다. 그는 돌이 깨지고 파헤쳐진 저수지 바닥을 경작하려 한다. 그런데 여기서 "망치 든 남자"가 완전한 타인인지, 화자의 분신이거나 환상인지는 분명치 않다. 알고 보면 "망치 든 남자"에게도 화자와 흡사한 꾸준함과 정연함이 관찰되는바, 그는 "사흘에 한 번. 달포에 한 번. 어쩌다 1년에 한 번" 망치질을 한다. 심지어 자세도 허투루 취하지 않는 것이 "두드리듯이가 아니고 있는 힘을 다해 내리친다. 거대한 쟁기를 벼리듯 내리친다". 그렇게 꼬박 내리친 지 "삼천칠백사십오 일째" 되면, "사과나무 뿌리에서부터 저 아래 종말처리장까지. 한 글자씩, 꽃도 없고 잎도 없는 길이 난다"(「삼천칠백사십오 일째── 돌돌」). 잠 없는 꿈이자 꿈/현실이 내는 길이, 시의 길이 생겨난다.

  "한 글자씩" "꽃도 없고 잎도 없"지만 흡사 식물이 자라나듯이 길을 내는 저 글자들은 「채석장── 돌돌」 속 "망치든 남자"의 망치질과 화자의 호미질이 함께 만들어낸 결과물인 듯하다. 무정형의 파편으로 현실을 향해 굴러들고 튀어 오르는 사태의 터에 고랑을 파고, 사태의 잔해로부터 깨진 돌을 골라내 심는다. 사태는 흡사 잘 경작된 작물처럼 고랑과 고랑 사이의 이랑을 따라 열을 맞춰, 그러나 불규칙하게 자라난다. 여기서 '심는' 행위란 허공에 입자가 모여들었다 흩어진 자국을 자국으로 남기기 위해 '닦는' 행위 못지않게 현실 너머, 존재 바깥을 적극적으로 환대한다. 댐을 쌓고 작물을 심는 문명의 오랜 노동이 자연과 인간의 접점을 형성하였듯이 삽질과 망치질, 호미질로부터 잠 없는 꿈으로서의 시가 현실을 가로질러 물길을 낸다. 물가를 따라 생성된 비옥한 땅에 심긴 돌이 눈을 열고 껍질을 밀어 올려 싹을 틔운다. 줄기가 자라고 꽃이 돋아나 이윽고 씨앗을 허공에 날려 보낸다. 씨앗들이 저마다 알 수 없는 궤도를 그리며 누구도 알지 못하는 허공의 어느 지점에 착지한다. 씨앗은 세상에서 가장 작은 돌, 한 뼘의 대지, 시공을 초월한 운석이다. 그렇게 칠흑 같은 허공의 한가운데 허공이 모르는 생장점이, 이질적인 질서가 심긴다.

그러고 보면 최하연의 이전 시집이 『팅커벨 꽃집』이라는 제목으로 열고 「팅커벨 꽃집」이라는 시로 닫았던 것은 지 작은 돌 - 씨앗의 운행을 염두에 두었기 때문인지도 모른다. 꽃집은 씨앗과 씨앗이 심긴 화분을 누구나 사 갈 수 있는 곳이다. 그의 초기 시에서 중요한 개념 중 하나였던 '무덤'이 무(無)를 향해 다만 입을 벌린 채 고정된 땅에 죽은 육신을 뉘어놓는 것이었다면, '화분'은 어디로든 훌쩍 옮겨질 수 있는 한 줌의 방랑하는 땅 위에 언제든지 생(生)을 개화할 수 있는 씨앗이 심긴 것이다. 화분은 허공에 지은 무덤이자, 흡사 죽은 자가 되살아나 몸을 일으키듯이 새까만 돌 - 씨앗으로부터 연둣빛 싹이 틀 수 있는 곳이다. "등짝에 푸른 창을 내고/흙을 올려다 튤립을 심는"(「꾸욱」) 이의 마음으로, 허공에 올라앉은 화분 위의 흙을 뚫고 씨앗의 미래가, 꽃의 과거가 고개를 내미는 것을 시인은 본다. 그리고 시인이 보는 것을 따라 보느라 우두커니 선 자리에, 미약하지만 오래도록 빛을 퍼뜨리는 무언가가 다시금 심긴다. 그의 시를 읽고 난 잔상이 기억의 저편에서 하느작하느작 유영하다가 머릿속 어딘가 알 수 없는 곳에 천천히 내려앉으며 유약하지만 분명하고도 구체적인 부피가 있는, 우리가 발굴하지 못한 이름 없는 광물로 퇴적되어가는 것을 부푼 마음으로 지켜보게 된다. 이 미지의 광물을 식물처럼 오래도록 가꾸고 키우는 상상을 마음 깊이 품게 된다.